Kim Marc Alexander Weßeling

Der Drachenorden

Das Nekron-Imperium

Hoffe das Beste,

erwarte das Schlimmste,

und nimm was kommt

Edward Heath

Kim Marc Alexander Weßeling

Der Drachenorden

Band 1

Das Nekron-Imperium

Erstes Buch der Nekron-Trilogie

Bibliografische Information Der Deutschen Bibliothek:
Die Deutsche Bibliothek verzeichnet diese Publikation in der
Deutschen Nationalbibliografie; detaillierte bibliografische
Daten sind im Internet über: <http://dnb.ddb.de> abrufbar.

2. überarbeitete Auflage

© 2008 Kim Marc Alexander Weßeling

Herstellung und Verlag: Books on Demand GmbH,
Norderstedt

Umschlagfoto: PixelQuelle.de

ISBN 978-3-8370-4173-6

http://kmawesseling.2page.de

Prolog

Dunkelheit.

Mehrere vermummte Gestalten verlassen den brennenden Palast des toten Imperators Jan Hayden, dem Herrscher des Hadot-Imperiums, auf dem Zentralplaneten Kwor.

Auf dem ganzen Planeten wird gekämpft, wie in großen Teilen der Galaxis.

Seit dem Tode des Imperators und der Zerstörung des Baikon-Komplexes, der größten Produktionsanlage des Imperiums, wiegelten die Mitglieder der Eternitas die Bevölkerungen aller Planeten gegen das Imperium auf.

Selbst hier auf Kwor, dem Zentralplaneten des Imperiums, bildete das Volk Widerstandsgruppen, wie einst die ersten Mitglieder der Eternitas. Die große imperiale Flotte - oder vielmehr ihre Überreste - ist über die ganze Galaxis verstreut und auf der Flucht.

Admiral Nord, der neue Oberbefehlshaber der imperialen Streitkräfte, verlässt, in einen weiten Umhang gehüllt, den Palast. Ein paar Soldaten der Sicherheitstrupps sondieren die Lage. Als ihr Commander freie Bahn meldet, winkt Admiral Nord weitere Soldaten heran, die ein paar in der gleichen Art wie der Admiral vermummte Personen begleiten. Eine dieser Personen ist die Witwe des Imperators mit ihrem 15-jährigen Sohn Pargon, dem Erben des Imperiums und zukünftigem Imperator des Hadon-Imperiums.

„Bringt die Kaiserin sofort zu ihrem Schiff und startet. Ich hole noch die letzten Dokumente und restlichen Soldaten der Palastgarde. Wir fliegen dann mit einem anderen Transporter. Sagt Captain Golan, er soll alles für den Sprung in den Hyperraum klarmachen."

Ein Soldat erwidert:

„Jawohl, Sir."

Admiral Nord kehrt in den Palast zurück. Auf dem Weg sieht er wie die Raumfähre in den Weltraum schießt und lächelt. Sofort sammelt er alles ein, was er braucht und ruft:

„Corporal, sagen Sie den Männern, dass wir uns zurückziehen. Wir sammeln uns bei den Transportern und verlassen den Planeten. Das Schlachtschiff wartet schon."

Der Corporal läuft los, um den Befehl auszuführen. Als 20 Minuten später die Transporter abheben, murmelt der Admiral:

„Das war noch nicht das Ende unseres Reiches. Wir sehen uns bald wieder."

Kapitel 1

*F*ünf Jahre später

Auf der Brücke des neuen Flaggschiffs der imperialen Flotte herrscht rege Geschäftigkeit. Navigatoren und Steuermänner sind so sehr in ihre Arbeit vertieft, dass sie sich um nichts Anderes mehr kümmern können.

Von hier aus wird der gesamte Flottenverkehr gesteuert. Hunderte von Schiffen - die wieder aufgebaute Flotte des Imperiums. Schlachtschiffe, Kreuzer, Jäger, Frachter, Bomber, Tanker Fähren und das neue Flaggschiff, das Behemoth-Klasse-Schlachtschiff *Rächer* - die genaue Kopie des berüchtigten Flaggschiffs des Großvaters des jetzigen Imperators.

Auf der Brücke der *Rächer* wird es plötzlich still, als eine Gestalt in schwarzer Uniform mit ebenso schwarzem Umhang und aufwendigen Rangabzeichen die Brücke betritt. Das auffälligste Abzeichen ist ein goldener Stern auf der rechten Brustseite - das Zeichen des Imperators.

Ein Offizier eilt auf Pargon Hayden, den jetzt 20-jährigen neuen Imperator, zu.

„Majestät, wir haben soeben die Berichte über die Kämpfe bekommen. Fünf Planeten, die von Eternitas erobert wurden, haben unsere Truppen bereits zurückerobert. Von den anderen zwölf stehen drei kurz vor der Kapitulation. Bald sind die

Rebellen geschlagen und das Imperium wird wieder allein herrschen."

„Sehr gut, Commander, bald wird es keine Rebellion mehr geben. Dann erfüllt sich der Traum meines Vaters. Nun gut. Wie lange werden die anderen neun Planeten noch Widerstand leisten?"

„Nicht mehr lange. Die Rebellen haben zu hohe Verluste erlitten, als dass sie noch genügend Truppen haben, um uns zu widerstehen. Es dauert höchstens noch drei bis vier Wochen, Sir."

Der Imperator geht zum großen Aussichtsfenster und blickt ins all. Wie sein Vater besitzt auch er starke geistige Kräfte. Er ist ebenfalls ein Magier des Drachenordens. Mit Hilfe seiner dunklen Kräfte versucht er in die Zukunft zu blicken.

Und genau darum dreht sich die gesamte Rebellion.

Die Eternitas wurde von Druiden gegründet, die sich gegen die Mächte der herrschenden Klasse, die sie für abgrundtief böse halten, erhoben haben. Und ihre Anhänger waren bis zum Sturz des Vaters des jetzigen Imperators wegen der Greueltaten, wie Sklavenhaltung und Massenmord, immer zahlreicher geworden.

Zur gleichen Zeit auf dem Planeten Heradon, im Parlamentsaal der Regierung der neu gegründeten Republik, betritt gerade Großmeisterin Prinzessin Kaya von Derhomir den Konferenzsaal. Ein General tritt vor um sie zu begrüßen.

„Herzlich willkommen, Prinzessin. Es ist uns eine Ehre, Sie begrüßen zu dürfen."

„Vielen Dank, General Reeson. Schön hier zu sein. Darf ich Ihnen meine Begleiter vorstellen?"

„Oh, Ihren Mann, General Torwin, kenne ich, ebenso Ihren Bruder, Commander Leon und auch General Carson. Nur Ihren beiden anderen Begleitern bin ich noch nicht begegnet."

„Das hier ist der Botschafter von Kwor, seine Eminenz Cherpa. Die Dame hier ist die Präsidentin der Republik von Nerodai. Sie will uns beim Kampf gegen das Imperium unterstützen."

Der General verbeugt sich vor ihr und sagt:

„Es ist uns eine Ehre mit Ihnen zusammen gegen das Imperium zu kämpfen. Bitte kommen Sie nun, der Rat der Senatoren wartet schon."

Er führt die Prinzessin und ihre Begleiter, von Wachen eskortiert, zum Konferenztisch, an dem schon viele hohe Würdenträger der Republik und ihrer Verbündeten sitzen.

Als sie alle sitzen eröffnet San Marenda, Hohepriesterin des Elb-Ordens und Präsidentin des Rates und der Republik, die Sitzung.

„Meine Damen und Herren Senatoren, das Imperium hat einen nicht unbeträchtlichen Teil seiner Macht zurückerlangt und schlägt nun zurück. Wir haben schon fünf Planeten verloren und werden noch drei weitere verlieren, wenn wir nicht bald Unterstützung bekommen."

Sie räuspert sich kurz.

„Prinzessin Kaya hat mit einer anderen Republik Kontakt aufgenommen, deren Existenz dem Imperium unbekannt ist. Präsidentin Jara Gor hat

9

sich bereit erklärt, mit uns gegen das Imperium zu kämpfen."

Ein Senator steht auf.

„Aber wieso wollen Sie uns helfen? Für Sie besteht doch keine Gefahr, wenn das Imperium nicht einmal von Ihrer Existenz weiß."

Darauf antwortet Präsidentin Gor persönlich:

„Momentan mag das zutreffen, Senator, aber was passiert, wenn das Imperium hier gewinnt? Es wird sich wieder ausdehnen und irgendwann werden auch wir bedroht sein. Und dann werden wir nicht stark genug sein, um das Imperium von uns fern zu halten. Genau deshalb müssen wir das Imperium schon jetzt bekämpfen, wo wir das auch noch können."

Der gesamte Senat spendet Beifall, sogar die skeptischeren unter den Senatoren.

Commander Leon und General Torwin verlassen unterdessen den Saal und treten hinaus in die wunderschöne Abendlandschaft von Heradon.

Leon ist sehr nachdenklich.

„Wann wird dieser Krieg wohl enden? Wer wird ihn gewinnen? Damals, als wir den Imperator töteten, dachte ich, der Krieg sei vorbei und es gäbe endlich Frieden. Aber nun geht der Krieg weiter, nur dass wir nicht als Guerillas kämpfen, sondern als richtige Armee."

Torwin antwortet:

„Ich weiß auch nicht, wann der Krieg zu Ende sein wird, aber nun gibt es ja Hoffnung. Durch die Unterstützung durch die Truppen von Nerodai haben wir eine bessere Chance."

Auf die beiden Weltraumkämpfer kommen drei Gestalten zu. Einer von ihnen ist ein drei Meter großes behaartes Ungetüm mit langen krallenbewehrten Armen, ein Waldungeheuer, die anderen sind Droiden, ein menschenähnlicher blauer Android und ein kleiner Roboter in der täuschend echten Gestalt eines Kobolds, Flügel inklusive. Es sind Gonron, TDE und Gimmick, die ständigen Begleiter der Kriegshelden.

„Hallo, Ihr drei. Gonron ist die *Elfenklinge* endlich startbereit?", fragt Torwin.

Gonron faucht bejahend.

Torwin antwortet:

„Gut, dann können wir bald aufbrechen. Wir müssen die Flotte nach Terge bringen. Die Leute brauchen unsere Hilfe gegen das Imperium. Wir dürfen nicht auch noch diesen Planeten verlieren. TDE, sag meiner Frau Bescheid, dass wir starten können."

„Das ist schon geschehen, Sir. Wir sind ihrer Hoheit begegnet als wir nach Ihnen suchten, denn Sie waren nirgendwo zu finden", entgegnet der blaue Android.

Torwin macht sich mit seinen Freunden auf den Weg zur *Elfenklinge*, dem schnellsten Schiff der Flotte. Prinzessin Kaya und einige Offiziere warten schon.

„Gut, dass Du kommst, Torwin. Wir müssen los. Admiral Gorn hat gerade durchgegeben, dass alle Schiffe, bis auf unseres, auf Position sind."

Alle betreten das Schiff. Wenig später erhebt es sich in den Himmel.

Kapitel 2

*E*in Brückenoffizier eilt auf den Imperator zu.

„Sir, alle Schiffe sind bereit für den Sprung in den Hyperraum."

„Gut. Sagen Sie Admiral Nord, er soll den Startbefehl geben. Die Flotte darf aber nicht zu nahe am Planeten Heradon aus dem Hyperraum austreten, sonst entdecken die Rebellen unseren Angriff zu früh."

Der Imperator ist höchst erfreut. Der Offizier geht los, um den Befehl zu überbringen. Ein Tech funkt über Interkom:

„Achtung ! Alles bereit zum Start. Start bei 0-15. Nach der Ankunft neu formieren und Angriffsbefehl abwarten. Achtung ! Start in fünf Sekunden. Drei - zwei - eins - Start !"

Alle Schiffe der Flotte schießen in den Hyperraum, einer großen Schlacht entgegen.

Die *Elfenklinge* fliegt in den Himmel von Heradon, auf dem Weg zu der Flotte der Republik, die den Planeten umkreist wie Ameisen einen Hügel oder Wespen ihren Stock. Dort formieren sich Wasp-, Arrow- und Vanderbuilt-Fighter, die die mächtigen Kreuzer in ihre Mitte nehmen.

„Captain Garth, informieren Sie Admiral Gorn, dass wir angekommen sind. Und teilen Sie mir mit, wo ich mich einreihen soll, Torwin Ende."

„Sofort, Sir."

Kurz darauf hört man Admiral Gorn:

„General Torwin, übernehmen Sie die Spitze der Flotte. Wir teilen sie dann gleich in drei Gruppen. Jede Gruppe fliegt zu einem anderen Planeten, der kurz vor der Kapitulation steht, um unseren eingeschlossenen Truppen zu helfen. Sie nehmen Task Force One und fliegen direkt nach Carradin.

Viel Glück, General."

Die imperiale Flotte verlässt unweit des Planeten Heradon den Hyperraum, allen Schiffen voran die *Rächer*, das riesige Flaggschiff.

„Admiral, wir haben das Heradon-System erreicht. Was sollen wir jetzt machen? Greifen wir an?"

„Natürlich, Commander. Lassen Sie alle Jäger starten und geben Sie dem Imperator Bescheid, dass es beginnt."

„Aye, Sir."

Der Commander eilt los, um nun den entscheidenden Befehl zur endgültigen Vernichtung der Rebellion weiterzuleiten. Wenig später schießen hunderte, wenn nicht tausende von kleinen wendigen Jägern aus den Rümpfen der Schlachtschiffe, um den Rebellen den Tod zu bringen.

Auf dem größten Republik-Kreuzer, der *Eisteufel*, entdeckt ein Sensorcontroller in diesem Augenblick die imperiale Angriffsstreitmacht.

„Admiral ! Eine große Zahl feindlicher Schiffe nähert sich aus Sektor 7! Es handelt sich um imperiale Schlachtschiffe."

„Wie weit sind sie noch von uns entfernt?"

„Noch 30 Sekunden bis Feindkontakt, Sir."

„Geben Sie sofort Alarm, Corporal."

Admiral Gorn nimmt Verbindung mit den Staffelführern seiner Jägereskorte auf:

„Imperiale Schiffe greifen an. Gruppe Gold, Sie übernehmen die Führung des Gegenangriffs. Nehmen Sie die Rot- und Blaustaffeln mit. Die Staffel Grün überwacht den Nahbereich der Flotte und Staffel Grau schützt die Evakuierung unserer Leute vom Planeten."

Er dreht sich zu seinen Offizieren um.

„Geben Sie dem Senat Bescheid, sie sollen sofort den Rückzug einleiten. Gegen eine solche Übermacht können wir uns und den Planeten nicht lange halten."

„Sofort, Sir."

Der Captain beeilt sich, den Befehl auszuführen.

Als die Nachricht den Senat erreicht, befiehlt die Präsidentin, sämtliche Gebäude zu räumen und alle Bodenbatterien während der Evakuierung zu besetzen und feuerbereit zu machen, um den Rückzug zu decken. Wenige Augenblicke später heulen die Alarmsirenen und aus allen Lautsprechern dröhnen Befehle für den Rückzug der Zivilisten und die Kampfbereitschaft der Bodentruppen.

Auf der *Rächer* hat man schon das Treiben der Rebellen bemerkt.

„Wann erreichen unsere Jäger die feindliche Flotte und den Planetenorbit?"

„In diesem Moment, Majestät."

„Sehr gut, Commander. Die Schlachtschiffe sollen nachrücken und in die Schlacht eingreifen."

„Aye, aye, Sir."

Während der Beschleunigung formieren sich die Großkampfschiffe um das Flaggschiff des Imperators.

„Admiral Gorn, hier Torwin. Wir haben Kontakt mit den imperialen Schlachtschiffen. Das große Schiff im Zentrum sieht aus wie ein Behemoth, aber ich dachte, Ihre hättet den letzten bei der großen Schlacht vor vier Jahren zerstört."

„General Torwin, das muss ein neues Schiff sein, denn ich habe mit meinen eigenen Augen gesehen, wie die *Drachenauge* damals explodiert ist."

„Admiral, wie haben Sie das Schiff zerstört?"

„Einer unserer angeschossenen Piloten steuerte seinen beschädigten Jäger direkt auf die Brücke zu und flog mitten durch sie hindurch und riss das Schlachtschiff mit in den Tod."

„Lassen sie unsere Jäger das Feuer auf die Schildgeneratoren des Behemoth konzentrieren. Dann bereiten Sie bitte Sprengstoff beladene Drohnenjäger vor. Die schicken wir dann zum

Rammen auf den Behemoth los. Wenn es funktioniert, dann können wir uns um den Rest der Flotte kümmern."

„Hoffentlich funktioniert es, General."

Der Admiral gibt sofort die nötigen Befehle, um den wagemutigen Plan des Generals in die Tat umzusetzen.

Als der Imperator auf der Brücke der *Rächer* auf und ab geht, kommt plötzlich ein Commander auf ihn zu gerannt.

„Sir, eine feindliche Staffel konzentriert ihr Feuer auf unsere Schildgeneratoren. Bald verlieren wir unsere Deflektorschilde und..."

Weiter kommt der Commander nicht, weil es in diesem Augenblick eine starke Erschütterung gibt.

„Sir", ruft ein Brückenoffizier. „Sie haben alle drei Generatoren in die Luft gejagt. Und nun fliegen einige kleine Jäger direkt auf unseren Bug und die Kommandosektion zu. Sie wollen und anscheinend rammen."

„Sofort das Frontalfeuer verstärken", ruft Admiral Nord, der neben den Imperator getreten ist. „Sie dürfen nicht durchkommen. Vor vier Jahren ging bei einem solchen Angriff die *Drachenauge* drauf."

Doch der Imperator bleibt ruhig.

„Captain, schalten Sie die Ersatzgeneratoren zu und aktivieren Sie die neue Alpha-Klasse-Schutzautomatik."

Der Captain des riesigen Schlachtschiffes betätigt an einer Konsole persönlich einige Schalter. Plötzlich bewegt sich die ganze Brücke rückwärts Richtung Heck, während schwere Stahlplatten vor die Brückenfenster gefahren werden.

Der Imperator dreht sich zum Admiral um.

„Das einzige, was die Rebellen noch zerstören werden, ist eine verlassene Bugsektion. Dachten Sie, ich würde eine genaue Kopie des Vorgängers dieses Schiffes inklusive aller Schwachpunkte bauen lassen? Bald werden wir auch die älteren Schlachtschiffe nachrüsten, und die Rebellen haben dann keine Chance mehr, mit dieser Taktik auch nur noch einmal Erfolg zu haben. Zusätzlich schützt uns dass sogar besser vor Asteroidenfeldern."

Er blickt auf die Bildschirme, auf denen gerade der Einschläge der fliegenden Bomben zu sehen ist und lächelt.

„Was denken die Rebellen wohl gerade?"

Admiral Gorn starrt auf seinen Monitor.

„Noch fünf Sekunden bis zum Aufschlag", tönt es aus den Lautsprechern über ihm. „Noch drei-zwei-eins-Aufschlag!"

Durch das Brückenfenster kann der Admiral den Einschlag seiner Waffen sehen. Die Kommandosektion der *Rächer* verwandelt sich in eine einzige gigantische Explosion.

Auf der Brücke der *Eisteufel*, dem Flaggschiff der Republik, bricht großes Jubelgeschrei aus. Admiral Gorn ist sichtlich erleichtert.

Kapitel 3

„Sir, wie lauten Ihre Befehle? Greifen wir an?",
fragt ein Offizier den Imperator.

Der antwortet:

„Ja, volle Kraft voraus. Genau auf den großen
Kreuzer im Zentrum der feindlichen Formation zu.
Wir nutzen den Überraschungsmoment und zeigen
denen, was ein richtiger Nahkampf ist."

„*Eisteufel*, hier Gold Eins. Wir haben es geschafft,
Die Brücke des Behemoth steht in Flammen. Lassen
Sie alle Schiffe vorrücken. Moment...das Ding setzt
sich plötzlich in Bewegung. Alles zurück, das ist eine
Falle. Admiral, der Behemoth ist immer noch
einsatzbereit und kommt direkt auf Sie zu."

Auf der Brücke der *Eisteufel* herrscht reines
Chaos. Alles rennt durcheinander, um irgendwie den
Rückzug zu koordinieren.

Zur gleichen Zeit schieben sich die riesigen
imperialen Schlachtschiffe auf die kleineren
Republik-Kreuzer zu. Bald bildet sich ein dichtes
Netz aus Laserstrahlen zwischen den gewaltigen
Raumschiffen.

Mehr und mehr Kreuzer werden zerstört. Der
Oberkommandierende der imperialen Streitkräfte ist

höchst zufrieden und sieht schon das Ende der Rebellion vor Augen.

„Bald ist es geschafft."

Der Weltraum um das Flaggschiff des republikanischen Admirals ist von den Explosionen vernichteter Kreuzer hell erleuchtet. Auf den restlichen Schiffen seiner Flotte machen sich Angst und Panik breit.

General Torwin führt seine Jäger zwar immer noch zum Angriff gegen die imperialen Schiffe, aber seine verbliebene Staffel hat schon hohe Verluste erlitten und erst wenig Schaden angerichtet.

„Admiral, wir können uns nicht mehr lange halten. Es sind zu viele. Wir müssen hier verschwinden, sonst gibt es bald keine Flotte und keine Republik mehr."

„Sie haben Recht, General. Keiner unserer Evakuierungstransporter vom Planeten kann jetzt noch zu uns durchkommen."

Er wechselt die Frequenz.

„Admiral Gorn an alle. Sofort alles bereitmachen zum Sprung in den Hyperraum. Wir treffen uns an Sammelpunkt BRAVO. Ich wiederhole, sofort zur Lichtgeschwindigkeit übergehen. Wir müssen uns zurückziehen, oder das war unsere letzte Schlacht."

Wenige Augenblicke später schießen alle verbliebenen Kreuzer, Jäger und Transporter in den Hyperraum. Außer vieler Trümmer ist das einzig sichtbare im Orbit des ehemaligen

Regierungszentrums der Republik die siegreiche Armada des Imperators.

„General Lend !"

„Ja, Majestät ?"

„Lassen Sie Ihre Truppen für den Bodenangriff vorbereiten. Dieser Planet gehört nun wieder uns. Jeglicher Widerstand wird niedergeschlagen. Captain Cord, konnten Sie die Rebellenflotte mit unseren Scannern verfolgen?"

„Nein, Majestät. Sie waren zu plötzlich weg. Ich habe nur den Vektor, in dem sie gesprungen sind."

„Nun gut. Wir werden sie ohnehin bald wieder finden. Ich weiß auch schon wie. General, haben Sie schon Truppen auf dem Boden?"

„Ja, Majestät."

„Gut. Wir fliegen jetzt zurück, um die Rebellen zu suchen. Besetzen Sie die Städte. Vielleicht finden Sie ein paar der wichtigeren Leute der Republik. Nehmen Sie sie gefangen und verhören Sie sie."

„Aye, Sir."

Auf Heradon setzen sich Republik-Truppen, die die Evakuierung nicht geschafft haben, verzweifelt zur Wehr. Sie werden von den Sicherheitstruppen des Imperiums einfach niedergemäht.

Die Imperialen setzen Panzer, Gleiter, Drachen und Golems ein, gegen die die Rebellen mit ihren Waffen keine Chance haben.

Nach wenigen Stunden sind alle Widerständler tot oder gefangen. Selbst ein paar Senatoren, die zur Zeit des Angriffs nicht im Senat waren, hielten sich noch auf dem Planeten auf.

General Lend begutachtete das Werk seiner Truppen.

„Sehr gut. Lieutenant, erstatten Sie dem Imperator Meldung. Der Planet gehört uns. Lassen Sie alles zum Verhör der Gefangenen vorbereiten. Der Imperator wird zufrieden sein. Sehr sogar."

„Jawohl, Sir !"

Der Offizier geht los. Er ist nun sogar noch überzeugter von der unendlichen Macht des Imperiums und seines Herrschers.

Kapitel 4

$\mathcal{D}$ie *Rächer* schwebt über einer der unzähligen Raumstationen, die das Imperium während des Wiederaufbaus errichtet hatte. Früher waren nur wenige riesige Raumstationen für den Kampf und gleichzeitig auch für die Produktion gebaut worden.

Seit dem Tod des letzten Herrschers war aber klar geworden, dass sie ohne Flottenunterstützung schwer zu verteidigen waren. Außerdem war eine Dislozierung der stark geschrumpften Kräfte kurz nach dem Sieg der Rebellen unabdingbar geworden.

Plötzlich startet aus dem Rumpf der *Rächer* eine Raumfähre, begleitet von einer Eskorte von hunderten von Jägern. Es ist die persönliche Fähre des Imperators.

Im größten Hangar der Station stehen tausende von schwarz gepanzerten Mitgliedern der Sicherheitstruppen, Kampfdroiden, Techniker und sämtliche Offiziere, um den Imperator zu begrüßen.

Die Fähre fliegt direkt in den Hangar, während die Eskorte weiter patrouilliert. Als sich die Fähre auf das Deck gesenkt hat und sich die Luke öffnet, stehen alle Soldaten, die angetreten sind, schlagartig stramm.

Der Stationskommandant und sein Stab knien nieder. Zuerst verlässt die Leibwache des Imperators, Dunkle Engel in gepanzerten Rüstungen mit Flammenschwertern, die Fähre und stellt sich entlang der Rampe auf.

Dann schreitet der mächtige Magier des Drachenordens und jetziger Imperator majestätisch die Rampe hinunter, und sofort stehen die angetretenen Truppen sogar noch strammer. Eine unheimliche Stille senkt sich über die Landebucht.

Nicht einmal die Schritte der dunklen Gestalt des Herrschers sind zu hören. Als er den Kommandanten erreicht sagt er zu diesem:

„Erheben Sie sich, Commander."

Der Kommandant der Kampfstation erhebt sich, während der Imperator weitergeht und folgt diesem, hinter ihm dann noch die Leibwache und seine Offiziere.

„Majestät, wir haben alle Personen gefunden, die Sie hier haben wollten. Sogar den Schattenjäger. Ihn mussten wir aus dem schwarzen Hain von Jorvig herholen. Er ist wirklich ein Überlebenskünstler. Um die letzten Jahre in dem gefährlichsten Ort der Galaxis zu überleben, wo die Rebellen ihn ausgesetzt hatten, hat er sich in einen Tiefschlaf versetzt und eine Massive magische Mauer errichtet. Nachdem wir die Feen-Drachen getötet hatten, die das Waldzentrum bewohnten, mussten meine Leute einige unserer besten Kampfmagier zur Hilfe rufen, um zum Schattenjäger zu gelangen. Bitte kommen Sie jetzt hier entlang. Ich habe die besten Kopfgeldjäger der Galaxis im großen Konferenzsaal versammelt."

„Sehr gut, Commander."

Der Imperator geht durch eine große Panzertür, die sich vor ihm geöffnet hat. Dort im besagten Konferenzsaal steht eine Reihe bizarrer Kreaturen.

Droiden, Menschen und eine Reihe teilweise abstoßender Lebensformen verschiedener Planeten.

Der Imperator baut sich vor Ihnen auf, flankiert von den Offizieren der Station.

„Ich habe Sie herbestellt, damit sie alle Kopfgeldjäger der Galaxis und andere Ihres Schlages, die zu den verschiedenen Syndikaten gehört haben, suchen und auf Guurdine versammeln. Sie sollen dem Imperium im Kampf gegen die Rebellen helfen, gegen eine angemessene Bezahlung natürlich. Ihr Hass sollte schon fast groß genug sein, denn die Rebellen haben in den letzten Jahren alle Syndikate zerschlagen. Ich möchte, dass Sie umgehend aufbrechen. Es eilt. Schattenjäger, Sie möchte ich noch allein sprechen."

Die Kopfgeldjäger verlassen den Saal, nur ein gepanzerter Krieger mit Unmengen an Waffen und magischen Hilfsmitteln behängt und zusammengefalteten Schwingen auf dem Rücken bleibt zurück.

Der Imperator befiehlt seinen Offizieren, ebenfalls den Raum zu verlassen, dann spricht er zu Koshak, auch bekannt als Schattenjäger.

„Für Sie habe ich eine ganz spezielle Aufgabe, deshalb habe ich Sie auch befreien lassen. Sie sollen mir ein paar Leute bringen, die Sie wohl sehr gut kennen. Großmeisterin Kaya, ihren Mann, ihren Bruder und ihre ständigen Begleiter. Ich will sie und die *Elfenklinge*. Aber ich will sie lebend. Sie sollen für alles leiden, was sie dem Imperium angetan haben. Hätte dieser Verräter Reeson nicht die Prinzessin durch unsere Sicherheitsvorkehrungen in der Produktionsanlage gebracht, wäre mein Vater noch am Leben und diese verdammte Rebellion längst Geschichte. Und das es die Prinzessin war, die Ihre Abschiebung ins Exil befohlen hat, dürfte wohl auch nicht unwichtig sein."

„Wie hoch ist meine Bezahlung?"

„Fünf Millionen Goldstücke."

„Es wird mir ein Vergnügen sein. Ich finde sie, wo immer sie auch sind. Vielleicht liefere ich den momentanen Standort der Rebellenflotte als Zugabe mit."

Er verbeugt sich vor dem Imperator und verlässt den Saal, um zu seinem Schiff zu kommen. Den Imperator erfüllt ein Hochgefühl, denn er kommt seinem Ziel immer näher.

Kapitel 5

*V*or Lassat, an der gleichen Stelle wie vier Jahre zuvor, schwebt die republikanische Flotte, oder vielmehr das, was von ihr noch übrig geblieben ist. Auf dem Kommandoschiff findet gerade eine Versammlung statt. San Marenda leitet die Versammlung.

„Heute mussten wir eine große Niederlage hinnehmen, die erste seit Jahren. Viele unserer Freunde fanden den Tod. Wären wir nicht ohnehin im Aufbruch befindlich gewesen, hätte wahrscheinlich niemand überlebt. Wir müssen unsere große Streitmacht aufgeben."

Großes Murren im Saal.

„Nein, nein, beruhigen Sie sich. Ich meinte natürlich nicht, dass wir kapitulieren, sondern vorerst wie in der Vergangenheit als kleinere Gruppen in Guerillataktik arbeiten. Als große Armee wären wir zu leicht aufzuspüren und der neuen imperialen Flotte unterlegen. Selbst unsere neuen Freunde von Nerodai können uns hier nicht helfen. Auf Heradon starben ihre Präsidentin und viele Soldaten. Die haben jetzt erhebliche politische Schwierigkeiten auf ihrem Heimatplaneten. Nun gut, hiermit erkläre ich die Flaggflotte für aufgelöst. Für die nötige Kommunikation haben wir alle unsere Kontaktleute auf den verschiedenen Planeten und Basen. Auf Wiedersehen. Möge die Kraft der Druiden mit Ihnen sein.

Im Hangar des großen Republik-Kreuzers steht eine kleine Gruppe. Master Leon, General Torwin, Großmeisterin Kaya mit ihrem zwei Jahre alten Sohn, General Carson, Gonron, TDE, Gimmick und zwei Offiziere.

Torwin spricht mit einem der beiden Offiziere:

„Lieutenant, sorgen Sie dafür, dass die Arbeiten an der *Elfenklinge* hier im Hangar schneller vorangehen. Das kann doch nicht so schwer sein, es ist ja nur ein modifiziertes Patrouillenboot und kein Sternkreuzer. Wir müssen uns beeilen, sonst findet und die imperiale doch noch und ich sitze hier wie eine Ente auf dem Trockenen."

„Jawohl, General."

Als die beiden Offiziere losmarschieren, wendet Torwin sich an Leon:

„Ach, komm schon, Schwager. Willst Du nicht doch lieber mit uns in der *Elfenklinge* nach Memoran fliegen? Dein Stardust-Jäger würde sofort von jedem erkannt werden. Und es gibt überall Agenten des Imperiums."

„Die *Elfenklinge* steht auch auf allen Fahndungslisten, das ist genauso gefährlich", entgegnet Leon lächelnd. Doch Torwin antwortet sarkastisch:

„Denkst Du. Die Techniker verpassen meinem Schiff gerade ein neues Make-up. Danach sieht es eher aus wie eine Familienyacht und fällt nicht mehr auf. Und wenn wir uns erst einmal versteckt haben, findet uns niemand mehr, wenn wir nicht wollen.

Also, was ist?"

„Okay, ich komme mit Euch. Aber Du weißt, dass wir dann vorher noch einmal nach Guurdine fliegen müssen um sicherzugehen, dass keiner der Überlebenden des Quellon-Syndikates die alten Positionen wieder aktiviert und ebenfalls Jagd auf uns macht. Das heißt, wir müssen noch einmal in die Koros-Burg. Soll ich nicht doch allein fliegen?"

Torwin antwortet grinsend:

„Nein, nein. Oder meinst Du, ich lasse mir den Spaß entgehen, falls es dort noch etwas zu tun gibt?"

Im gleichen Augenblick kommt der Lieutenant zurück.

„General Torwin, Ihr Schiff ist startklar. Und Admiral Gorn sagt, Sie sollen so schnell wie möglich Starten. Die Flotte beginnt nämlich bereits mit der Dislozierung."

Torwin bestätigt nickend.

„Gut, Lieutenant, danke."

Dann wendet er sich den anderen zu.

„Los kommt. Wir müssen hier weg. Gonron, vergiss die Droiden nicht."

Sie gehen alle auf den großen, dolchartigen Rumpf der *Elfenklinge* zu. Torwin zuerst, neben sich Kaya mit seinem Sohn, dann kommen Leon und Carson und zuletzt Gonron mit den beiden Droiden. Torwin und Gonron setzen sich ins Cockpit, während die anderen im Passagierabteil Platz nehmen.

„Brücke, hier Torwin. Erbitte Starterlaubnis."

Aus dem Lautsprecher antwortet ungewöhnlicherweise Admiral Gorn persönlich.

„Starterlaubnis erteilt. Und viel Glück Ihnen allen. Ich hoffe, wir sehen uns bald wieder."

„Das hoffe ich auch, Admiral", erwidert Torwin und Gonron faucht zustimmend.

Dann hebt die *Elfenklinge* ab und fliegt aus dem Hangartor den Sternen entgegen. Kurze Zeit geht sie bereits zur Lichtgeschwindigkeit über, während der Rest der Flotte in alle Richtungen ausschwärmt.

Kapitel 6

Guurdine, ein riesiger heißer Sandklumpen, der eine viel zu heiße Doppelsonne umkreist, liegt vor dem Bug der *Rächer*. Ihre Begleitschiffe fliegen rund um den Planeten.

Auf der Startrampe der *Rächer* gibt der Imperator letzte Befehle:

„Admiral Nord, Sie begleiten mich hinunter zum Planeten. Captain Koord wird das Kommando über die Flotte übernehmen. Ich will, dass Sie eine Legion meiner besten Truppen bereitstellen, um zum Planeten zu fliegen. Ich spüre, dass irgendetwas geschehen wird. Entweder die Kopfgeldjäger legen uns herein, oder wir begegnen den Rebellen. Vielleicht auch beides."

Der Admiral ist sichtlich besorgt.

„Majestät, sollten wir den Planeten und dieses System schnell verlassen müssen, hätten wir nicht genug Zeit, um so viele Soldaten wieder an Bord zu bringen. Und wo wollen Sie eine ganze Legion unserer Truppen auf dem Planeten unterbringen? Wir waren bei diesem Flug nicht von einem Wüsteneinsatz ausgegangen. Wir haben gar keine passende Ausrüstung dabei."

Die Geduld des Imperators war groß, so groß aber nun auch wieder nicht, wie man an seinem zornigen Gesichtsausdruck sehen kann.

„Admiral, ich habe bestimmt nicht vor, auf Guurdine Wurzeln zu schlagen. Wir bleiben höchstens zwei bis drei Tage da unten. Unsere

Männer sind Soldaten und keine stinkigen Rebellen, die zu Tausenden vor angreifenden Wüsten-Drachen fliehen. Reizen Sie mich nicht zu weit, Admiral. Ich könnte auf die Idee kommen, die Methoden meines Vaters wieder einzuführen, wie man mit Offizieren umgeht, die es wagen, dem Imperator vor Untergebenen zu widersprechen. Und nun geben Sie die Befehle weiter. Oder soll ich mich selbst um die Vorbereitung unserer Truppen kümmern. ?"

Mit einem ziemlich schlechten Gefühl im Magen zieht der Admiral los. Auch er erinnert sich gut an die Methoden des verstorbenen Imperators, Offiziere, mit denen er unzufrieden war, mit Hilfe der Magie qualvoll zu töten. Er fragt sich, wie lange er selbst noch leben oder auf seinem Posten sein würde. Allerdings fühlt er keine Angst.

Wenn es nach dem Admiral ginge, wäre das Imperium ein viel grausamerer Ort. Für ihn war der momentane Imperator nicht wirklich würdig. In der letzten Zeit hat der Imperator sich allerdings mehr und mehr verändert.

Alle höheren Offiziere, mit Ausnahmen, haben in letzter Zeit eine wachsende Angst um Stellung und Leben. Wenn sie sich beobachtet fühlen, was bei dem guten Geheimdienstapparat häufig möglich ist, sprechen sie selbst untereinander nicht einmal über ihre Ängste.

Aber jeder hat Angst, der Imperator könnte ihre Gedanken erfahren. Mindestens die Hälfte der Führungsoffiziere des Imperiums würde nicht einen weiteren Tag überleben. Denn nicht nur Angstgedanken existieren, sondern auch Gedanken an den Sturz des Herrschers.

Und dies von denjenigen, die den Imperator immer noch für zu weich halten und sich die grausamen Zeiten seines Vaters zurückwünschen. Sie bringen ein Willkürregime und absolute Macht nur zusammen in die Gleichung.

Wenn der Imperator sich nicht bei der Flotte befindet, versammeln sich ziemlich viele Offiziere, um Pläne zu schmieden, bei beiden Fraktionen.

Bei der letzten Versammlung wurde von fast allen Offizieren der dunklen Fraktion beschlossen, dass der Imperator sterben muss. Alle Offiziere hatten dem Vorschlag von General Rigel, einem der glühendsten Anhänger des alten Imperators, zugestimmt, Lord Cyclon, einen mächtigen Schüler des alten Imperators, der nach dessen Tode geflüchtet war, als neuen Imperator einzusetzen.

Seine grausamen Ansichten stimmten sehr mit denen General Rigels überein. Nebenbei ist er auch noch der Sohn von Admiral Nord.

Cyclon befindet sich momentan auf Carendollon. Dort wartet er sehnsüchtig auf den Tag, an dem er die Macht übernehmen würde.

Er bildet dort während dieser Zeit seine Schüler aus, um einen ganz neuen und noch grausameren Orden dunkler Magier zu erschaffen. Sollten sie die Macht übernehmen, mit Lord Cyclon an ihrer Spitze, wird nicht nur der Imperator untergehen.

Die Republik wird dann für immer verloren sein, falls sie ihre Verluste an mächtigen Druiden, Magiern und Feen nicht schnellstens ausgleichen kann.

Admiral Nord erscheint auf der Brücke der *Rächer* und gibt die Befehle weiter an General Brighton, den

Kommandeur der Bodentruppen bei diesem Einsatz. Der General wirkt zuversichtlich.

„Wir müssen sofort Lord Cyclon Bescheid geben. Das ist die Chance, um den Imperator loszuwerden, bevor die Weicheier im Imperium den Imperator schließlich überzeugen, wieder einen humanen Weg einzuschlagen und zu seinen Überzeugungen seiner Jugend zurückzukehren. Auch wenn er manchmal im Kampf seinem Vater ähnelt, steckt ein viel zu weicher Kern in ihm. Wir inszenieren einen Angriff der Nomaden und töten den Imperator. Dann übernehmen wir die Macht bis Lord Cyclon auf Kwor eintrifft. Dann werden wir auch die Rebellen endgültig vernichten. Das Imperium wird in neuem Glanz erstrahlen. Es ist auch sehr gut, dass der Imperator Sie nach Guurdine mitnimmt. Dann haben wir immer ein Auge auf ihm. Ich regle das mit dem Angriff. Morgen früh, bei Sonnenaufgang, werden unsere Leute getarnt das Lager angreifen. Wenn der Imperator sich zu effektiv verteidigt, müssen Sie ihn allerdings erschießen. Aber zögern Sie nicht. Wenn Sie zu intensiv darüber nachdenken, würde er es bemerken und Sie zuerst töten.

Morgen Abend beherrschen wir die Galaxis und verhandeln selbst mit den Kriminellen. Mit ihnen und der Unterstützung von Lord Cyclons neuem Orden werden die Rebellen in wenigen Tagen vollständig vernichtet sein. Die Galaxis wird unter der Macht des Imperiums erzittern."

In diesem Moment kommt ein Unteroffizier zu ihnen.

„Sir, der Imperator wird ungeduldig. Er will wissen, wo Admiral Nord bleibt."

„Sagen Sie ihm, dass ich auf dem Weg bin", erwidert der Admiral leicht verstört und macht sich auf den Weg zum Hangar. Sollte der Imperator in den nächsten Stunden fähig sein, in seinen Gedanken zu lesen, werden ziemlich viele Leute sterben. Angefangen bei Admiral Nord selbst.

Doch als er im Hangar ankommt, ist der Imperator viel zu beschäftigt, um sich auf ihn zu konzentrieren. Wenig später steigen alle in die bereitstehende Fähre und fliegen los. Mehrere hundert Jäger eskortieren insgesamt zwanzig Fähren und Transporter nach Guurdine, als diese sich durch den Abendhimmel hinabsenken.

Kapitel 7

*I*n der *Elfenklinge* kontrolliert Torwin zum letzten Mal vor dem Austritt aus dem Hyperraum die Instrumente.

Auf dem Copilotensitz döst Gonron vor sich hin. Leon und Carson spielen eine computerisierte Version des Magischen Schachs im Passagierabteil des Schiffes. Gimmick und TDE diskutieren heftig über die, wie TDE sagt, verdammte Kriegszeit.

Großmeisterin Kaya, Torwins Frau, kümmert sich um ihr Kleinkind. Sie füttert ihren Sohn und legt ihn schlafe, bis sie Guurdine erreichen.

Bei der Überprüfung der Geräte entdeckt Torwin einen Fehler. Er ruft Leon zu sich.

„Leon, Komm´ mal schnell ins Cockpit. Wir haben ein Problem."

Der junge Magier geht sofort zu seinem Schwager.

„Was ist los, Torwin?"

„Wir haben eine Störung des Hyperantriebes. Es ist schon wieder die Hauptsteuerachse. Sie scheint sich mal wieder zu polarisieren. Kannst Du mal nachsehen und sie absichern? Wenn sie schon zu stark beschädigt ist, müssen wir sie auf Guurdine erst auswechseln, bevor wir weiterfliegen können."

Leon geht sofort in den Maschinenraum. Torwin hatte Recht. Die Achse ist polarisiert. Er sichert sie so gut es geht und will gerade ins Cockpit zurückkehren, als er eine Stimme hört.

„Meister Leon, höre mir zu."

Die schimmernde Gestalt einer alten Druidenhexe erscheint wie aus dem Nichts mitten im Maschinenraum.

„Lady Marcia."

Leon ist völlig perplex.

„Ich habe Euch seit Jahren nicht gesehen. Wir sind alle davon ausgegangen, dass der Imperator Euch vor Jahren getötet hätte."

Die alte Hexe winkt ab.

„Ich freue mich auch, Dich zu sehen. Aber Du hast Recht, der Imperator hat versucht, mich töten zu lassen, ich würde aber nur in eine Zwischenwelt geschleudert. Ich kann ihr aber nicht entkommen und es fällt mir auch sehr schwer, diesen Kontakt hier aufrecht zu erhalten, also höre gut zu. Ein Schüler des verstorbenen Imperators, Lord Cyclon, ein schwarzer Magier des Drachenordens, versucht das Imperium zu übernehmen. Er bildet dazu Schüler im Gebrauch schwarzer Magie aus, die so gefährlich und mächtig ist, dass nicht einmal der alte Imperator gewagt hat, sie einzusetzen. Jetzt musst Du, so schwer es Dir auch fallen mag und so unglaublich es sich anhört, dem Imperator helfen, an der Macht und am Leben zu bleiben. Außerdem musst Du alle Schüler unserer Lehren zusammenholen und auch neue rekrutieren. Du musst sie so schnell wie möglich fertig ausbilden, um Dich Lord Cyclon entgegenzustellen. Du hast nicht mehr viel Zeit. Der Imperator ist auf Guurdine. Du musst ihn warnen. Schnell. Es muss heute Nacht geschehen, sonst ist es zu spät."

„Aber wird der Imperator mir glauben?", fragte der junge Magier skeptisch.

„Er wird es tun. Er ist ein mächtiger Magier und wird wissen, dass Du die Wahrheit sprichst. Außerdem vergiss nie, nichts ist so wie es scheint."

Daraufhin verschwindet die geisterhafte Gestalt ohne ein Wort des Abschiedes.

Voll von Fragen und Zweifeln kehrt Leon ins Cockpit zurück.

Dort befinden sich außer Torwin und Gonron nun auch Carson und Kaya.

Sie bemerkt sofort den merkwürdigen Ausdruck im Gesicht ihres Bruders.

„Ist es mit dem Hyperantrieb so schlimm?"

Nein, das ist es nicht. Sie kann fühlen, dass es etwas Anderes ist. Auch Torwin bemerkt, dass etwas ganz und gar nicht stimmt. Er war schon immer ein guter Pokerspieler und seine Intuition hat ihn noch nie im Stich gelassen.

„Los, Leon, sag uns, was nicht stimmt!"

„ich habe gerade im Maschinenraum Lady Marcia getroffen."

Torwin und Carson werfen sich fragende Blicke zu.

Leon fährt nach kurzer Zeit fort:

„Sie hat mir gesagt, dass sich der Imperator auf Guurdine befindet. Aber das ist noch nicht alles. Sie hat mir gesagt, dass wir dem Imperator das Leben retten müssen, weil seine eigenen Leute für morgen früh einen Anschlag geplant haben."

Er wird von Torwin unterbrochen:

„Warum sollten wir dem das Leben retten? Wenn ihn seine eigenen Leute abmurksen, sind wir ihn endlich los und sie haben uns die Mühe erspart, es selbst zu tun. Er ist der letzte der Hayden-Linie.

Dann gibt es keinen so mächtigen Magier des Drachenordens mehr, und wir haben eine Chance zu siegen."

So aufgebracht hat Leon seinen Schwager schon seit Jahren nicht mehr gesehen.

„Es wäre schön, wenn es so einfach wäre, Torwin. Aber Lady Marcia hat mir auch gesagt, dass Haydens letzter Schüler, ein gewisser Lord Cyclon, nur darauf wartet, die Macht zu übernehmen. Und der ist viel grausamer und skrupelloser als der jetzige Imperator. Außerdem unterweist er zurzeit einige hundert Schüler im Gebrauch einer viel gefährlichen Form der schwarzen Magie, als sie der Drachenorden je angewandt hat. Gegen solch eine Armee werden wir ohne ausreichende Unterstützung keine zwei Wochen überleben. Marcia hat auch gesagt, dass ich alle verfügbaren talentierten Schüler und Lehrlinge zu Druiden und Magiern ausbilden soll, um Cyclon eine ebenbürtige Streitmacht entgegenzustellen.

Wenn wir den Imperator retten, wird dieser alle verräterischen Offiziere absetzen und ebenfalls gegen Cyclon kämpfen. Dann haben wir eine Chance, den Lord zu besiegen. Vielleicht gelingt es so ja sogar, nach dieser akuten Gefahr ein Abkommen mit dem Imperium zu schließen, mit dem beide Seiten leben können."

Torwin ist immer noch nicht überzeugt.

„Schön und gut. Wenn es uns gelingt, an den Schlachtschiffen vorbeizukommen, die Guurdine umkreisen, wenn es uns gelingt, die Truppen zu überlisten und wenn es uns dann auch noch gelingt, den Imperator zu warnen,...wenn uns all das gelingt, wo soll der Imperator denn so schnell verlässliche neue Offiziere herbekommen, die seinen Flotte gegen Cyclon führen können ? Dieser Lord Cyclon wird sicher jedes noch so kurze Machtvakuum und jedes Chaos nutzen, um die Macht an sich zu reißen."

Aber auch darauf hat Leon schone eine Antwort parat:

„Der Imperator hat mit Sicherheit einen genügend großen Kreis von Offizieren und Magiern, um in kurzer Zeit eine neue Führung zu etablieren. Aber etwas Anderes macht mir mehr Probleme. Wenn wir von den Schlachtschiffen bei Guurdine entdeckt werden, können wir nicht in den Hyperraum fliehen. Vor einer Reparatur können wir nicht wieder auf Lichtgeschwindigkeit übergehen, sobald wir in den Normalraum zurückgekehrt sind. Aber wir haben keine Wahl. Lasst uns unsere Ausrüstung klarmachen. Wir werden sie brauchen."

Alle machen sich mehr oder weniger überzeugt wortlos auf den Weg, um die nötigen Vorbereitungen für die Landung und den Aufenthalt auf dem Wüstenplaneten zu überprüfen.

Ein neues großes Abenteuer steht bevor.

Kapitel 8

*A*uf Guurdine herrscht geschäftiges Treiben. Es ist später Nachmittag und die imperialen Truppen wollen ihre Zeltstadt noch vor Einbruch der Dunkelheit errichtet haben.

So weit das Auge reicht stehen halbfertige Igluzelte in der Wüste. Im Zentrum des Lagers steht das große pyramidenförmige Kommandozelt. In ihm residiert der Imperator, von einigen Dutzend Wachen umgeben.

Im Kommandozelt ist gerade ein Vertreter der Kopfgeldjäger eingetreten. Es handelt sich bei ihm um Doarko, ein echsenähnlicher Troglyte vom Planeten Roagandor.

Die Bewohner dieses sumpfigen Planeten gelten als besonders skrupellos und brutal. Doarko versteht zwar die menschliche Sprache, spricht aber nur Raavaal. Glücklicherweise versteht aber der Imperator diese Sprache.

Nur Admiral Nord ist verwirrt. Er versteht kein Wort des Kriminellen und weiß nicht, was dieser dem Imperator mitzuteilen hat.

Aber der Imperator informiert den Admiral schließlich, als der Kopfgeldjäger wieder gegangen ist.

„Admiral Nord, es haben sich mittlerweile rund zweihundert Kopfgeldjäger in Geraxons Koros-Burg versammelt. Morgen früh werden wir uns auf den Weg machen und Goran, Geraxons designierten Nachfolger, treffen, um mit ihm zu verhandeln.

Aber jetzt sorgen Sie erst einmal dafür, dass das Lager rechtzeitig aufgebaut und gesichert ist. Ich will heute Nacht keine Überraschungen erleben. Und schicken Sie Commander Tur Delial, den Führer meiner Dunkel-Engel-Leibwache, zu mir, wenn Sie hinausgehen."

Der Admiral zögert noch, weil er eigentlich an der Seite des Imperators bleiben soll und in letzter Zeit langsam das Gefühl hat, der Imperator würde ihn immer mit Aufgaben wegschicken, die auch jeder Untergebene erledigen könnte, um ihn aus dem Weg zu haben.

Er verbeugt sich dann aber doch und geht hinaus.

Die *Elfenklinge* befindet sich bereits im Landeanflug auf Guurdine.

Die imperialen Schlachtschiffe befinden sich im Sensorschatten des Planeten und können die Republik-Kämpfer nicht orten.

Also können die Freunde ungestört in der Nähe des Lagers landen, auch wenn alles eigentlich viel zu einfach erscheint. An Bord werden letzte Vorbereitungen getroffen.

Leon und Carson überprüfen noch einmal alle Waffen. Torwin leistet ihnen bald Gesellschaft.

„Leon, ich glaube die Penner schlafen alle schon."

Der Sarkasmus in Torwins Stimme ist nicht zu überhören.

Leon schaut ihn amüsiert an. Dann nehmen alle, bis auf die Droiden, ihre Waffen und brechen auf in die Nacht, die sich mittlerweile über die Wüste gesenkt hat. Nur die Droiden sollen zurückbleiben.

„TDE, informiere General Reeson über die Lage. Er soll sofort alle Einheiten der Republik zusammenrufen und auf schwere Gefechte vorbereiten. Falls es uns nur gelingt, das Leben des Imperators zu retten, aber nicht, den Putsch zu verhindern, wird nur ein kleinerer Teil der imperialen Streitkräfte zum Imperator halten. Der Rest wird auf den aktuellen Herrscher Lord Cyclon und die Offiziere hören. Lord Cyclon wird seine Truppen sicherlich umgehend durch Zwangsrekrutierungen aufstocken und mit Sicherheit auch irgendwelche höllische Weltvernichter bauen lassen. Er wird dann versuchen, die Republik in Schach zu halten, bis er stark genug ist, uns und den Imperator endgültig zu vernichten."

Der menschenähnliche Droide antwortet, wie es sich für einen Diener gehört:

„Sehr wohl, Master Leon. Wir werden mit Ihnen und auch General Reeson Verbindung halten und sie beide von allen Vorkommnissen zu unterrichten. Gimmick wird mir sicher auch behilflich sein."

Der kleine Droiden-Kobold quiekt zustimmend.

Torwin allerdings wird langsam etwas nervös.

„Bist Du bald fertig, Blechtüte? Leon hat nämlich gesagt, dass wir heute noch aufbrechen wollen und nicht erst nächste Woche."

Und prompt marschiert er auch schon los, ohne eine Antwort abzuwarten. Im Gehen schimpft er fleißig weiter:

„Da sitzt man hier schon wieder auf diesem verdammten Sandklumpen fest, soll den größten

Feind retten und wird auch noch von so einem plappernden Blecheimer tot gequatscht. Ich hätte vielleicht doch besser im Golem-Gebirge bleiben sollen. Da gab es wenigstens keine imperialen Truppen."

Vor Jahren war Torwin von den imperialen gejagt worden. Er war gezwungen, sich im Golem-Gebirge, einem der kältesten und gefährlichsten Orte der Galaxis zu verstecken.

Dort fand ihn seine spätere Frau Kaya und brachte ihn zum Widerstand. Gemeinsam bekämpften sie später die großen Syndikate. Daher waren auch sämtliche Kriminelle der Galaxis auf der Jagd nach ihnen.

Seine Taktiken und Talente in der Gefechtsführung gaben dem Widerstand aber schließlich die Möglichkeit, die Syndikate zu zerschlagen, und vor allem Geraxon zu vernichten.

Dies führte schließlich zu seinem Aufstieg in die Führung des Widerstandes und später in das Oberkommando der Republik, was für jemanden ohne jedes magische Talent schon sehr außergewöhnlich war.

Jetzt blicken sich Leon und Kaya aber fragend an. Sollte Torwin so gestresst sein, oder hatte er seine lange Zeit im Exil vor Jahren doch nicht so gut verwunden, wie sie immer dachten?

Das wurde jetzt aber wieder in den Hintergrund geschoben, denn Torwin hatte das Schiff bereits verlassen und seine Kameraden müssen sich beeilen, ihm zu folgen.

Es ist ohnehin schon ziemlich spät, es bleibt keine Zeit für Diskussionen. Schnell packen sie ihre Sachen und folgen dem wütenden General.

Kapitel 9

Im Wüstencamp des Imperiums patrouillieren Wachen, die auf dem Rücken von schwarzen Drachen reiten, durch den Sand.

Bei den Wachsoldaten herrscht höchste Aufmerksamkeit, denn die Bewohner der Wüste sind unberechenbar.

Da gibt es Nagas, vierarmige Wesen mit einem Schlangenleib als Unterkörper, die zwar meist allein oder zu zweit durch die Wüste ziehen, aber wenn es um eine große Beute, wie zum Beispiel ein Camp, geht, greifen sie manchmal auch in Scharen an. Und es gibt auch noch die Zarcons. Das sind mordende Wüstentiere, die tief in den heißesten Wüsten leben. Wie sie aussehen weiß niemand, denn keiner, dem je ein Zarcon begegnet ist, hat es je überlebt.

Der Kommandeur der Leibgarde des Imperators betritt gerade das große Kommandozelt, das ausschließlich von der Leibwache aus dunklen Engeln bewacht wird.

Im Innern des Zeltes steht der junge Imperator gerade über ein paar Karten gebeugt und markiert den Weg zur Koros-Burg.

Als der Commander die Räume des Imperators betritt, dreht dieser sich um und begrüßt seinen erwarteten Besucher:

„Guten Abend, Commander. Aber stehen Sie doch bequem. Wir müssen uns noch über die genaue Stationierung der Garde unterhalten. Ich will, dass die Engel der Garde auch im Rest des Lagers eingesetzt werden, nicht nur hier am Zelt. Sollten wir nämlich von Nagas oder Zarcons angegriffen werden, müssen wir schnell und heftig zurückschlagen können. Und mir reichen drei Wachen vor dem Zelt als Schutz. Es wird wohl nicht gerade heute eine Meuterei unter den Truppen ausbrechen, oder?"

Beide lachen herzhaft.

„Ach, und noch etwas, Commander. Ich spüre etwas. Eine Präsenz, die ich noch nie so stark und unmittelbar gespürt habe. Ich bin mir nicht sicher, aber es gibt irgendetwas Wichtiges. Sollte eine kleine Gruppe Rebellen versuchen, ins Lager einzudringen, dann bringen Sie sie sofort zu mir. Ich bin mir fast sicher, dass sie bald eintreffen. Unter ihnen müssten Leon und Kaya sein, zwei der mächtigsten Rebellenmagier, falls meine Visionen mich nicht täuschen. Danken Sie daran, Commander. Es ist äußerst wichtig."

Das drückt auch der Gesichtsausdruck des Imperators aus.

Der Commander weiß zwar noch nicht, was er von dieser Sache halten soll, aber er wird die Befehle des Imperators ausführen.

Doch eines wunderte ihn noch mehr als die mögliche Ankunft einiger Rebellen: Warum hatte der Imperator ihn mit so brisanten Informationen versorgt und nicht Admiral Nord oder einen anderen Offizier aus der obersten imperialen Militärführung? Nun, er wird schon seine Gründe haben.

Der Kommandeur der Leibwache verlässt schließlich das Zelt, um die Befehle seines Herrn auszuführen

Der Imperator begibt sich unterdessen in einen Raum, der weiter im hinteren Bereich des Zeltes liegt.

Aus einem Koffer holt er einen Langstreckenkommunikator. Er versichert sich, dass niemand in der Nähe ist und schaltet das Gerät ein.

Er sieht auf seinen Chronometer. Noch zehn Sekunden. Nach diesen zehn Sekunden öffnet er einen Kanal, der ihn mit einem ausgesuchten Kreis von Personen verbindet, die über diese geheime Frequenz informiert sind.

„Achtung an alle. Hier spricht der Imperator. Ab sofort gilt Code Schwarz-Fünf. Alle Offiziere der Omega-Gruppe sollen ihre Einheiten zusammenrufen. Ich brauche sie umgehend hier bei Guurdine. Ich vermute den erwarteten Putschversuch bereits in wenigen Stunden. Der Omega-Führungskader übernimmt ab sofort das Kommando auf allen Schiffen, Garnisonen und Stationen, die erreichbar sind. Versuchen Sie, so viele der abtrünnigen Offiziere wie möglich auszuschalten. Der Putschversuch darf nicht gelingen. Hayden, out."

Der Imperator schaltet besorgt das Gerät ab. Er hat den Putsch zwar vorausgesehen und neue, loyale Offiziere rekrutiert, aber wird er es schaffen, die Macht über das gesamte Imperium zu behalten, oder wird das Imperium in zwei Lager zerfallen?

Kapitel 10

*A*uf einer Düne vor dem Lager des Imperiums liegen die Kämpfer der Republik auf der Lauer. Torwin beobachtet das Lager durch ein Makrofernglas. Carson blickt ihn fragend an.

„Na, alter Kumpel, was ist denn jetzt da unten los?"

Torwin antwortet grinsend:

„Nichts, außer dass dort eine ganze Legion imperialer Truppen im Lager verteilt ist, inklusive dunkler Engel, mehrere dieser vierbeinigen Mammutgolems im Sand herumstampfen, schwarze Drachen alles beobachten und ich nicht weiß, wie wir in drei Teufels Namen bis zum Kommandozelt im Zentrum des Lagers durchkommen sollen. Aber sonst ist eigentlich alles in Ordnung."

Carson antwortet ihm unbesorgt lächelnd:

„Ach, Du alter Gauner. Du bist doch schon in Läden hineingekommen, die schwerer bewacht waren als dieses Camp."

Torwin blickt ungläubig.

„Nenn mir mal ein Beispiel."

„Na, der Goldberg von Kest. Der war von hunderten Feen-Drachen bewacht."

Carson blickt wirklich unschuldig und ist auf Torwins Antwort wirklich gespannt. Der ist nun wieder mal voll in Fahrt.

„Jahaa, aber falls Du die Schlacht verschlafen haben solltest, als Du im All ein wenig mit den imperialen fangen gespielt hast, während ich unten war, werde ich Dich wohl mal wieder darüber aufklären müssen, dass wir unten von einigen Tausend Nachtmaren unterstützt wurden, die dort in den Wäldern leben."

Er drehte sich zu Leon um.

„Stimmts nicht, Junge ?"

Doch der junge Magier blickt geistesabwesend ins Leere.

„Hey, Leon, was ist los mit Dir?", fragt der ehemalige Schatzjäger und jetziger General seinen Schwager besorgt. Doch dann reagiert Leon auch schon wieder.

„Was ? Ach so, ich habe gerade etwas gespürt. Irgendetwas stimmt nicht. Der Imperator ist im Lager, das kann ich fühlen. Er hat irgendetwas vor. Ich weiß, er kann auch meine Nähe spüren, aber er ist trotzdem nicht allzu schwer bewacht, und im Lager ist keine außergewöhnlich hohe Aktivität zu bemerken. Ich glaube langsam, der Imperator weiß, was seine Offiziere planen und wartet auf uns."

Er wird von Carson unterbrochen.

„Sollten wir nicht lieber verschwinden, wenn er um unsere Anwesenheit weiß?"

Der Ordnungsmagier antwortet ruhig und gelassen.

„Nein, der Imperator führt nichts Schlechtes im Schilde, soweit ich die Schwingungen der Magie richtig deute. Er will sich mit uns beraten. Aber ich glaube, ich gehe lieber allein ins Lager. Denn ich glaube nicht, dass die Wachen irgendetwas davon wissen dürfen. Wir wissen nicht, wem der Imperator überhaupt noch trauen kann. Aber ich bin sicher, er hat einen Plan, um die Offiziere an der Ausführung des Putsches zu verhindern und Lord Cyclon keine Machtbasis zu gestatten. Wartet hier auf mich. Wenn ich bis morgen Mittag nicht wieder zurück bin, alarmiert ihr die Flotte. Denn dann hat Lord Cyclon Erfolg gehabt mit seiner Machtübernahme. Auf wieder sehen und viel Glück. Ich hoffe, dass wir uns bald schon wieder sehen. Aber folgt mir nicht. Wenn alles klappt, werden wir bald mit dem Imperator Friedensverhandlungen führen und die Galaxis kann wieder aufatmen."

Kapitel 11

*I*n Lichstadt, der neuen Hauptstadt des Imperiums, sitzen mehrere hundert Offiziere im Konferenzsaal des privaten Ausbildungslagers des Imperators und hören eine Aufzeichnung seiner Durchsage an seine loyalen Truppen, die er kurz vorher von Guurdine übermittelt hatte.

Die Offiziere, die die abtrünnigen Verräter ersetzen sollen, sind alle ungefähr im gleichen Alter, wie der Herrscher selbst. Denn Hayden denkt, dass sie ihn besser verstehen und loyaler sind, weil sie mit ihm aufgewachsen sind.

Das und eine Zahl von magieunterstützten Crashkursen sollte ihren Mangel an Erfahrung ausgleichen.

Der Ranghöchste Offizier unter ihnen ist Admiral Orrik. Er wird den Platz von Admiral Nord als Oberkommandierender der Streitkräfte einnehmen. General Brightons Position wird von General Domain übernommen werden.

Außer ihnen sind noch etliche andere Admirale, Generals, Colonels, Captains, Commander und Lieutenants anwesend.

Sie alle werden Plätze einnehmen, die momentan noch von Verrätern oder Offizieren zweifelhafter Loyalität besetzt sind. Nur einige wenige definitiv loyale Offiziere, wie zum Beispiel der Kommandeur der Leibwache, werden am Leben und auf ihrem Posten bleiben können.

Als die Nachricht beendet und das Vidkom abgeschaltet ist, übernimmt Admiral Orrik das Wort:

„Meine Herren, Sie haben gehört, was der Imperator befohlen hat. Admiral Nord und seine Kumpane werden in den nächsten Stunden zuschlagen. Das heißt, dass wir so viele verräterische Offiziere wie möglich in den nächsten Stunden absetzen müssen. Sie werden umgehend verhaftet. Die Offiziere ganz oben auf der Liste, die General Domain ausgegeben hat, werden sofort nach Hellwich verbracht. Der Imperator nimmt an, dass der Putschversuch in ungefähr zehn Stunden stattfinden wird. Leider können wir in dieser kurzen Zeit höchstens zehn Prozent unserer Ziele rechtzeitig erreichen. Wir müssen natürlich versuchen, mit Höchstgeschwindigkeit an weitere Standorte zu gelangen. Denn wenn Lord Cyclon neunzig Prozent unserer Streitkräfte auf seine Seite ziehen kann, müssten wir uns schon mit den Rebellen verbünden, um überhaupt noch eine Chance zu haben. Und das bedeutet, dass wir ihnen Zugeständnisse machen müssen. Und das kann nicht unbedingt in unserem Sinne sein. Jeder von Ihnen nimmt zwanzig Kommandosoldaten und einen Drachenmagier als Schutz mit. Sollten Sie auf Widerstand stoßen, setzen Sie sich mit Gewalt durch. Und da wir Guurdine in der knappen Zeit ohnehin nicht erreichen können, werden General Domain, Captain Proct, Captain LaFong, Commander Dietra und ich nach Quadris fliegen. Der Imperator hat dort ja heimlich noch ein paar Schlachtschiffe bauen und Truppen ausbilden lassen können. Außerdem wartet dort auch ein neuer Behemoth. Damit werden wir unsere Streitkräfte um weitere zehn Prozent der alten imperialen Flottengröße aufstocken können, falls Lord Cyclons Plan gelingen sollte. Ich werde das Kommando über die Omega-Flotte übernehmen und nach Guurdine fliegen. Wir hoffen, den Imperator dort lebend herausholen zu können, auch wenn Admiral Nord mit seinem Putsch erfolgreich sein sollte. Hat jemand noch irgendwelche Fragen?"

Im Konferenzsaal herrscht Totenstille.

„Na dann mal los. Alle Mann auf ihre Stationen."

Alle Offiziere begeben sich zu ihren Fähren und Transportern, in der Hoffnung, ihre Aufgaben erfüllen zu können.

Master Leon schleicht unbemerkt durch das feindliche Lager.

Die Truppen, die die Peripherie des Lagers bewachen, hat er mit Hilfe der Magie abgelenkt. Als zwei Wachen vor ihm in wenigen Metern Entfernung standen, täuschte er aus einer anderen Richtung mit der Vortäuschung des Schemens eines Wildtieres der Wüste.

Jetzt ist Leon auf halbem Wege zum Zentrum des imperialen Lagers. Vor ihm versperrt ein Mammutgolem seinen Weg.

Er deutet mit seinem Magierstab auf das Reittier und projiziert den Geruch von Futter in das Gehirn des gewaltigen Tieres.

Und tatsächlich bewegt sich der Golem von ihm weg. Der Reiter des Tieres ist verblüfft. Er versucht erfolglos, den Mammutgolem zu stoppen. Erst zweihundert Meter weiter gelingt es ihm.

Inzwischen ist Leon noch näher an das Kommandozelt herangehuscht. Doch plötzlich stößt der Magier auf einen imperialen Commander in Begleitung zweier Dunkler Engel, wie immer in ihren schwarzen Panzern.

Der Commander zieht sofort seine Waffe und richtet sie auf Leon.

„Wer sind Sie? Und was wollen Sie hier?"

Leon fühlt, dass der Commander hofft, dass es sich bei ihm tatsächlich um einen Republik-Kämpfer handelt, so unglaublich es ist, und in diesem Fall für den Magier keine Gefahr darstellt.

„Mein Name ist Leon Bansheeclaw. Ich muss sofort den Imperator sprechen. Es ist wirklich sehr wichtig und es geht um Leben und Tod. Und ich glaube, dass der Imperator mich bereits erwartet."

Der Commander antwortet verblüfft:

„Oh, Mister Bansheeclaw. Der Imperator erwartet Sie tatsächlich. Ich soll Sie sofort zu ihm bringen, wenn Sie hier eintreffen. Aber wo sind Ihre Begleiter? Der Imperator hatte mehrere Personen erwartet."

„Ich bin allein", antwortet Leon nun schon viel ruhiger.

Der Commander nickt und deutet Leon vorzugehen.

„Bitte kommen Sie, Sir. Wir wollen seine Majestät nicht länger als nötig warten lassen."

Leon geht, gefolgt von dem Commander, auf das Kommandozelt zu. Als sie ankommen, richtet sich der Commander an die dort postierten Wachen:

„Der Imperator erwartet ihn. Er kann passieren."

Und dann zu Leon:

„Übrigens, Mister Bansheeclaw, ich bin Commander Tur Delial. Ich bin der Kommandeur der Leibwache des Imperators. Bis bald."

Daraufhin dreht er sich um und geht. Leon bewegt sich mit gemischten Gefühlen weiter in das Zelt hinein.

Solch starke magische Schwingungen wie in diesem Zelt hat er noch nie vorher gespürt. Jetzt ist er sich auch von seinen Gefühlen her sicher, dass der Imperator ihn erwartet.

Leon geht tiefer in das Zelt bis zu den Privaträumen des Imperators.

Dieser steht mit dem Rücken zum Eingang. Er trägt immer noch die schwarze Uniform mit dem Umhang.

Als Leon eingetreten ist, dreht der Imperator sich um. Leon prallt überrascht zurück und denkt:

„Mein Gott, der ist ja viel jünger, als wir dachten, der ist doch höchstens dreiundzwanzig."

„Zwanzig, um genau zu sein", antwortet der Imperator.

Jetzt ist Leon wirklich überrascht. Nachdem der Imperator seine Gedanken so klar hören konnte, als ob er sie ausgesprochen hätte, starrt er den Imperator für einige Augenblicke nur an.

Der Imperator ergreift wieder das Wort.

„Ich habe Ihre Ankunft vorausgesehen, Mister Bansheeclaw. Ich wusste, dass Sie kommen würden. Und das ist gut so. Ich erwarte nämlich bereits eine Aktion meiner abtrünnigen Offiziere beim Sonnenaufgang. Die einzigen Soldaten, denen ich hier auf dem Planeten noch vertrauen kann, sind die Männer meiner Garde. Wenn die Offiziere die Truppen beim Angriff auf ihrer Seite haben, müssen Sie mir helfen. Ich sollte aber erwähnen, dass ich in letzter Zeit an einem geheimen Ort neue Offiziere und Truppen habe ausbilden lassen, um die Verräter abzulösen. Auch wenn es Sie wundert, aber diese neuen Offiziere sind auch alle erst in ungefähr meinem Alter, ich hoffe, dass beunruhigt Sie nicht allzu sehr. Mehr beunruhigen sollte uns, dass die Verräter früher zuschlagen, als ich erwartet habe. Daher werden meine loyalen Soldaten keinen ausreichend großen Teil der imperialen Streitkräfte übernehmen können. Aber das reicht erst einmal. Ich denke, ich sollte Sie jetzt auch einmal zu Wort kommen lassen, Commander."

Trotz der vielen Überraschungen in der kurzen Zeit hat Leon sich wieder einigermaßen gefangen.

„Nun, Majestät, ich war zunächst einmal wirklich verblüfft, als ich Euch sah. Nach allem, was man sich erzählt, wusste bis vor wenigen Jahren nicht einmal jemand etwas von Eurer Existenz. Und ich nahm an, Ihr wärt mindestens vierzig. Euer Vater wirkte nun wirklich immer viel zu alt, um noch so einen jungen Sohn zu haben."

„Dafür erzählt man sich im Drachenorden immer sehr viel über Sie, Commander. Aber das schweift jetzt zu weit ab. Es gibt jetzt viel zu tun. Ach so, ich habe vorhin noch vergessen zu erwähnen, dass ich auch heimlich zusätzliche Schlachtschiffe habe bauen lassen, von denen die Verräter nichts ahnen. Aber egal ob bald etwas geschieht oder nicht, morgen früh muss ich zur Koros-Burg aufbrechen und mir die

Dienste der Kopfgeldjäger und Syndikate sichern. Im Falle seines erfolgreichen Putsches darf Cyclon nicht auch noch diese Ressourcen in die Finger bekommen. Sollten wir also morgen früh angegriffen werden, müssen Sie mir helfen, aus dem Lager auszubrechen. Wenn die Verräter dann zuschlagen, wann ich es befürchte, werden wir höchsten zehn Prozent der imperialen Streitkräfte auf unserer Seite haben. Plus meine heimliche Reserve, die ungefähr ebenso groß ist.

Die Rebellen, Verzeihung, die Republik, die Syndikate und meine loyalen Truppen werden also zusammenarbeiten müssen, damit wir überhaupt eine Chance gegen die dunkle und zerstörerische Macht dieses wahnsinnigen Schülers meines Vaters haben."

Er deutet auf einen der bereitstehenden Sessel.

„Aber möchten Sie sich nicht setzen, Commander. Ich warte auf die neuesten Meldungen meines neuen Omega-Geschwaders. Admiral Orrik dürfte jetzt bald das Kommando über die neue Flotte übernommen haben. Er wird sich sofort hierher auf den Weg machen und dann über eine verschlüsselte Frequenz auf meiner privaten Kom-Einheit Meldung erstatten. Kann ich Ihnen etwas anbieten, während wir warten?"

Der Imperator füllt zwei Gläser mit einer grünen Flüssigkeit.

„Ich weiß, Commander, das wir bisher auf verschiedenen Seiten gestanden haben. Aber unter diesen Umständen sollten wir die Taten des jeweils anderen für eine Weile beiseite schieben. Denn wenn Lord Cyclon gewinnt, werden weder Ihre noch meine Leute überleben. Es gab Gerüchte, dass Lord

Cyclon einige hundert Schüler zu Todesmagiern ausbildet, in Wirklichkeit sind es aber nur fünf. Der Rest ist dazu nicht talentiert genug, wird also nicht in den dunkelsten Künsten ausgebildet, sondern nur in einfacher Chaosmagie. Aber sie sind gut. Und die fünf Todesmagier werden seit drei Jahren ausgebildet, daher sind sie mehr als ernst zu nehmende Gegner für uns. Die Todesmagie führt zu einer schrecklichen Macht. Aber auch ich habe einiges von meinem Vater gelernt. Ich bin auch nicht gerade schwach. Es gibt aber noch einen weiteren Grund für mich, zusammen mit der Republik zu kämpfen und später in der Zukunft vielleicht sogar eine gemeinsame Regierung zu bilden.

Aber sagen Sie es ihm doch selbst, General."

Hinter einem Vorhang tritt plötzlich General Reeson hervor, einer der obersten Führer der Republik und Oberbefehlshaber der Republik-Flotte. Leon wird an diesem Tag von keiner Überraschung verschont. Langsam zweifelt er wirklich an seinen Fähigkeiten, da ihm doch noch so viel entgangen ist.

„Guten Abend, Commander", sagt der General äußerst freundlich.

„Ich muss Ihnen wohl einiges erklären. Sofort nach der Dislozierung der Flotte bin ich schon nach Guurdine geflogen, als ich über unserem Geheimdienst von dem Komplott im Imperium erfuhr. Ich sah eine Chance für die Republik und ich habe sie ergriffen. Ich bin übrigens gerade einmal zwei Stunden vor Ihnen hier eingetroffen. Außerdem hatte ich dem Imperator noch eine wichtige Mitteilung zu machen, von der Sie nicht einmal eine Ahnung haben, Commander.

Aber ich fange besser noch einmal ganz von vorne an. Vor achtzehn Jahren, als der Magierrat noch aus Vertretern sämtlicher Orden bestand, und nicht nur aus dem Drachenorden, waren Ihr Vater und San Marenda die Räte des Ordnungs- und des Lebensmagie-Ordens. Und beide standen dem Imperator im Weg. Sie zu töten hätte sich der Imperator zu dieser Zeit aber nicht leisten können, er war zwar mächtig, hatte aber nicht die vollständige Kontrolle über den Rat und damit das Zivilleben unserer Bürger. Also musste er einen anderen Weg finden, um die beiden abzulenken. Nun hatte Lady Marenda einen zweijährigen Sohn. Und der Imperator dachte, dass er sie in der Hand hätte, wenn er den jungen entführt. Aber er hatte sich in ihr geirrt. Es war die größte Prüfung ihres Lebens, aber sie musste dieses Opfer bringen. Sie bekämpfte den Imperator fortan stärker als je zuvor, obwohl immer die Gefahr bestand, dass der Imperator ihren Sohn exekutieren lassen würde. Doch sie hätte auch ihr eigenes Leben gegeben, um die Galaxis zu retten, ein Leben für Milliarden, auch wenn der mögliche Tod ihres Sohnes ihr das Herz zerriss. Aber statt den Jungen zu töten, zog der Imperator ihn auf wie seinen eigenen Sohn. Nur wusste Lady Marenda das nicht. Sie glaubte immer, der Imperator hätte ihren Sohn getötet, und sie hasste das Imperium daher umso mehr. Sie wollte nicht ruhen, bis das Imperium endgültig geschlagen war.

Vor einem Jahr aber, erfuhren wir von einem Überläufer aus dem engsten Umfeld des alten Imperators, was wirklich geschehen war. Wir haben seither auf eine günstige Gelegenheit gewartet, dem jetzigen Imperator mitzuteilen, dass er in Wahrheit der Sohn der Führerin der Republik ist.

Aber das ist noch nicht alles. Vor ihm ist noch etwas geheim gehalten worden, womöglich hat sein Adoptivvater das als Versicherung gesehen, falls er in die schlechten Angewohnheiten seiner Mutter zurückfallen und gut werden sollte. Unser Feind, Lord Cyclon, ist nämlich in Wahrheit auch nicht der Sohn von Admiral Nord. Er ist wirklich ein Sohn des verstorbenen Imperators."

Bei diesem Satz springt der Imperator auf.

„Was ? Warum haben Sie mir das vorhin noch nicht gesagt?"

„Ich wollte die Schocks dosieren. Aber die Wahrheit ist wirklich, dass der alte Hayden befürchtete, Sie wären als Sohn einer Rebellenführerin nicht brutal genug. Er hat Sie auch als seinen Sohn gesehen, und gerade weil Sie älter waren als Cyclon sollten Sie auch sein Nachfolger werden. Aber für den Fall, dass es den Anschein hat, dass Sie zu weich werden, bildete er seinen richtigen Sohn aus, dass Imperium zu übernehmen. Aber selbst wenn Sie ein mächtiges grausames neues Imperium erschaffen hätte, hätte Cyclon sicherlich zugeschlagen. Er ist einfach zu machtbesessen. Das hat der alte Imperator wohl nicht bedacht."

Reeson schüttelte seinen Kopf ob der ganzen unglaublichen Verstickungen.

„Aber jetzt zum Abschluss hätte ich noch eine Bitte. Majestät, trotz der verworrenen Familienbindungen sind Sie immer noch der Imperator. Arbeiten Sie mit uns zusammen und helfen Sie, den Frieden wiederherzustellen.

Bedenken Sie, dass Sie von Geburt eigentlich ein Bürger der Republik sind. Sollten wir den Putsch nicht verhindern können, wovon wir ja wohl alle ausgehen, möchte ich Sie bitten, mich zu Ihrer Mutter zu begleiten, wenn wir hier alles erledigt haben. Und natürlich erst, wenn Sie ihre Flotte zusammengeführt haben.

Commander Bansheeclaw wird mir sicherlich beipflichten, dass unsere Schicksale nun ohnehin untrennbar miteinander verknüpft sind. Nicht wahr, Commander?"

Er dreht sich zu Leon um.

Dieser antwortet:

„Natürlich, General."

Dann wendet sich der General an den Imperator.

„Nun, Majestät, werden Sie uns zu Lady Marenda begleiten?"

Der Herrscher antwortet nach kurzer Überlegung.

„Das werde ich, General. Wenn sie meine Mutter ist, möchte ich sie natürlich kennen lernen und mehr über meine Familie erfahren. Aber zuerst sollten wir uns jetzt um die anstehenden Ereignisse kümmern. Wir sollten jetzt erst einmal schlafen gehen. Morgen früh werden wir alle unsere Kräfte benötigen. Meine Protokolleinheit wird Ihnen beiden Quartiere zuweisen. Von dort aus können Sie dann auch Ihre Kameraden benachrichtigen. Gute Nacht und mögen alle Kräfte des Universums mit Ihnen sein."

Kapitel 12

General Torwin läuft im Passagierabteil der *Elfenklinge* ruhelos umher, seit sie entschieden hatten, im Schiff auf eine Nachricht von Leon zu warten, anstatt das Risiko einzugehen, in der Nähe des feindlichen Lagers aufgegriffen zu werden.

Er macht sich Sorgen um Leon, da er nicht weiß, was aus ihm geworden ist.

Es ist bereits spät in der Nacht und die anderen Crewmitglieder schlafen bereits. Und noch immer keine Nachricht von Leon.

Nur TDE sitzt ebenfalls im Passagierabteil und sieht Torwin bei seinem rastlosen Marsch zu.

„Sir, wollen Sie nicht auch ein wenig schlafen gehen ? Master Leon ist sicher nichts zugestoßen. Dafür ist er zu intelligent, für einen Menschen meine ich."

Torwin ist gerade nicht in der Stimmung, sich TDEs Vorträge anzuhören, die ihn schon genug nerven, wenn er gute Laune und keine Sorgen hat.

Er geht mit drohend erhobenem Zeigefinger auf TDE zu.

Dieser weicht erschrocken zurück und fällt beinahe durch die offene Leon die Treppe in den Maschinenraum hinunter.

„Hör mir mal zu, Blecheimer", sagt Torwin drohend.

„Ich habe keine Lust mir Deine langweiligen Geschichten und Erklärungen anzuhören. Noch ein Wort und ich schalte Dich ab. Und dann schieße ich

Dich zum nächsten imperialen Kreuzer, den ich finde. Hast Du mich verstanden?"

Der Droide antwortet in einem ängstlichen Tonfall, auch wenn er als Maschine gar keine Emotionen haben kann.

„J-j-ja, Sir, General Torwin, Sir."

Torwin dreht sich ohne Vorwarnung um und geht hinaus, um frische Luft zu schnappen.

In diesem Augenblick kommt Gimmick auf TDE zugeflogen. Er quiekt fröhlich und provozierend. TDE ist entrüstet.

„Was heißt, das geschieht mir Recht? Du unverschämte kleine Möchtegern-Fledermaus. Dich mag der General noch viel weniger. Du bist gar nicht intelligent genug, dass Dich irgendwer mögen könnte. Die Menschen mögen nur intelligente Droiden wie mich. Außerdem kannst Du ja nicht einmal ihre Sprache sprechen, und..."

In diesem Augenblick wird TDE von einem Piepen der Kommunikationskonsole im Cockpit unterbrochen. TDE geht schnell zum Kommunikator und schaltet ihn ein.

Aus dem Lautsprecher kommt die Stimme von Master Leon:

„TDE, bitte melden, TDE."

Der Droide antwortet sofort:

„Master Leon, ich bin so froh, Ihre Stimme zu hören."

Gimmick quiekt zustimmend.

„Und Gimmick ist auch glücklich. Wir dachten schon, Ihnen wäre etwas Schreckliches zugestoßen."

„Hör gut zu, TDE. Ist sonst noch irgendjemand auf. Ich muss dringend mit Torwin, Kaya oder Carson sprechen."

„General Torwin ist noch wach, aber er ist gerade raus gegangen. Ich müsste ihn eben holen."

„Tu das, TDE, ich warte."

Der blaue Droide rennt, wenn man sein watschelndes Gehen überhaupt so nennen kann, nach draußen, um General Torwin zu holen.

Auf der Gangway rutscht er beinahe aus. Zuerst kann er den General nicht einmal finden, dann sieht er ihn aber schließlich doch im goldgelben Wüstensand sitzen.

„General Torwin", ruft der Androide.

„Kommen Sie schnell. Master Leon ruft Sie über den Kommunikator."

General Torwin fährt hoch.

„Was ? Und das sagst Du mir erst jetzt. Du rostige Blechtüte. Dich sollte man verschrotten."

Er rennt wütend die Gangway hinauf und stürzt ins Cockpit, den verblüfften Droiden hinter sich lassend. Torwin läuft zur Konsole und greift zum Kommunikator.

„Leon, den Göttern sei Dank, Du lebst. Wo hast Du so lange gesteckt? Ich dachte, die imperialen Wachen hätten Dich erwischt."

Leon versucht, auch endlich zu Wort zu kommen.

„Torwin, ich habe jetzt keine Zeit, um Dir alles zu erklären. Es ist einiges passiert. Ich kann Dir nur soviel sagen. General Reeson ist auch hier und hat uns mitgeteilt, dass Pargon Hayden in Wirklichkeit San Marendas Sohn ist, und dass der alte Imperator ihn vor vielen Jahren entführt hat. Mehr kann ich Dir jetzt nicht sagen. Aber haltet Euch bereit. Es wird wahrscheinlich morgen bei Sonnenaufgang losgehen. Wir werden wahrscheinlich hier auf dem Planeten in der Unterzahl sein und müssen daher versuchen, den Imperator und seine Leibwache zu evakuieren. Er will zwar trotzdem morgen früh noch zu den Syndikaten aufbrechen, aber ich bin mir nicht sicher, ob das noch zu bewerkstelligen ist. Auf jeden Fall musst Du noch heute Nacht den Hyperantrieb reparieren."

„Hast Du vielleicht vergessen, dass ich kein Magier bin, Junge", fragt der General.

„Ich habe noch nicht einmal die richtigen Ersatzteile an Bord. Ich brauche eine ganz neue Hauptsteuerachse und die hat man nicht im Handschuhfach. Dazu muss ich morgen nach Rivendal, und das liegt auf der anderen Seite des Planeten.

Der junge Meister ist besorgt.

„Na gut, dann muss es eben irgendwie ohne den Hyperantrieb gehen. Wenn die loyale Entsatzflotte des Imperators hier rechtzeitig eintrifft, wird es ohnehin keine Pro..."

In diesem Augenblick wird er von einer riesigen Explosion mitten im imperialen Lager unterbrochen. Bevor er losrennt, um sich die Lage anzusehen, ruft er noch ins Mikrofon:

„Verdammt, Torwin, es geht jetzt schon los. Wecke die Anderen. Wir brauchen Eure Hilfe."

Kapitel 13

An Bord des neuen Schlachtschiffes der Behemoth-Klasse steht die Fähre von Admiral Orrik im Hangar.

Der Admiral steigt gerade, von einigen Offizieren begleitet, aus. Er wird erwartet von Captain Gaines, dem Kommandanten des neuen Behemoth-Klasse-Schlachtschiffes, der *Vendetta*.

Er salutiert vor dem Admiral, als dieser die Rampe herunter geschritten ist.

„Es ist alles zum Abflug bereit, Sir."

„Sehr gut", antwortet der Admiral.

„Lassen Sie sofort die Maschinen starten und nehmen Sie Kurs auf Guurdine, aber mit Höchstgeschwindigkeit. Der Imperator erwartet uns."

Der Admiral und Captain Gaines fahren, begleitet von den Offizieren, mit dem Röhrentransport zur Brücke im Bug des riesigen Schiffes.

Die Brücke besteht aus einem Laufsteg mit einem Graben auf jeder Seite, in denen Navigatoren, Steuermänner, Sensorcontroller und andere Funktioner des Schiffes sitzen.

An beiden Außenseiten befinden sich dann wieder Laufstege, die sich mit einer Plattform am Ende des großen Laufsteges vor dem riesigen Brückenfenster des Schlachtschiffes verbinden.

Admiral Orrik ignoriert den Admiralssessel und geht zum Brückenfenster um hinauszusehen. Er betrachtet die große Flotte von Schlacht- und

Begleitschiffen um ihn herum. Captain Gaines tritt zu ihm.

„Sir, wir haben gerade Meldungen über unsere Übernahmeaktionen hereinbekommen. Alle Einheiten, die überhaupt eine realistische Chance hatten, haben ihre Ziele erreicht, bis auf Colonel Kale. Er soll das vierte Geschwader übernehmen und wird es in wenigen Minuten erreichen. Die anderen waren bereits erfolgreich und haben ihre Kommandos übernommen. Nur Commander Barnes´ Angriff ist fehlgeschlagen. Er wurde vom vorherigen Kommandeur unserer Station auf Calamar gestellt und getötet. Kein Mitglied des Kommandotrupps hat überlebt. Calamar ist also immer noch fest in der Hand der Verräter."

Der Captain überprüft kurz noch einmal seinen kleinen Handcomputer.

„Wie gerade gemeldet wird, hat der Putsch bereits begonnen, einige Stunden zu früh. Ein Großteil der Offiziere hat sich wie erwartet zu Lord Cyclon bekannt und den Berater für abgesetzt erklärt. Ich hoffe, dass Colonel Kale noch erfolgreich sein kann. Selbst mit dem vierten Geschwader auf unsere Seite ist Lord Cyclons Flotte mehr als fünfmal so stark wie unsere. Sir, aufgrund der Nachrichten sollte ich jetzt umgehend den Startbefehl geben."

Der Admiral nickt und der Captain geht zu einem Steuermann.

Er nimmt einen tragbaren Kommunikator und gibt über Interkom durch:

„Achtung, hier spricht Captain Gaines. Alles bereitmachen zum Sprung in den Hyperraum. Wir fliegen nach Guurdine, um den Imperator zu retten."

Er legt den Kommunikator zurück und geht wieder zum Admiral. Sie warten die Bestätigung des Befehls durch die anderen Schiffe ab, dann schießt die gesamte Flotte in den Hyperraum.

In der Nähe des Planeten Tamati schwebt das vierte Geschwader der imperialen Flotte.

Eine einzelne Fähre springt aus dem Hyperraum heran und nimmt Kurs auf das Kommandoschiff des Geschwaders. Sie schwebt in den Hangar und stoppt die Maschinen.

Colonel Kale steigt, von zwanzig Kommandosoldaten, einigen Offiziere und einem Ordnungsmagier begleitet aus der Fähre. Sie machen sich auf den Weg zur Brücke.

Auf halbem Wege zur Röhrenbahn stoßen sie auf einige Soldaten der Wachmannschaft, die plötzlich das Feuer eröffnen.

Unter dem Verlust von einem Soldaten, gehen die Eindringlinge des Imperators in Deckung. Colonel Kale bespricht sich mit Captain Broone, seinem Stellvertreter.

„Verdammt, Colonel Canberra muss sich eine Leibwache zugelegt haben, die nur auf seine Befehle hört. Gewöhnliche Truppen würden nie ohne Grund auf einen imperialen Colonel schießen. Wir werden uns den Weg zur Brücke wohl freischießen müssen. Das hätte nie passieren dürfen. Captain, Sie stürmen mit der Hälfte unseres Trupps diese Bahn. Ich nehme den Rest und versuche es bei der Backbord-Röhrenbahn."

Der Captain salutiert.

„Aye, aye, Sir. Und viel Glück. Ich hoffe, wir sehen uns auf der Brücke."

Er ruft zehn Soldaten zu sich, dann laufen sie feuernd auf die Bahn zu, während der Feind weiter auf sie schießt.

Der Colonel nutzt die Ablenkung und macht sich mit dem Rest des Trupps kampfbereit auf den Weg zur anderen Bahn.

Dem Captain stellen sich plötzlich ein halbes Dutzend Soldaten in den Weg, die aus allen Rohren feuern. Zwei Männer seines Trupps fallen sofort. Die loyalen Soldaten werfen sich hinter Wandverstrebungen in Deckung.

Der Captain gibt mit Handzeichen Anweisungen und befiehlt seinen Leuten, sich aufzuteilen. Dann stürmen sie in zwei Gruppen wieder vorwärts, mit allen Waffen feuernd, und überrennen die feindlichen Soldaten, die sich ebenfalls verschanzt hatten.

Die Feinde werden alle getötet. Die Truppen des Imperators haben bei diesem Sturmangriff nur ein Opfer zu beklagen, Captain Broone.

Corporal Gambier übernimmt das Kommando über die Truppe. Ungehindert gelangen sie bis zur Transportröhre und steigen ein.

Der Corporal wählt die Brücke an, und sofort setzt sich die Bahn in Bewegung.

Der Colonel hat mittlerweile den halben Weg über das Deck zurückgelegt, als er und seine Leute auf ein unerfreuliches Hindernis stoßen.

Etwa einhundert Meter vor ihnen steht Colonel Canberra mit mindestens zwanzig Soldaten und gibt Befehle. Die Truppen sollen mit Colonel Canberra in einer Fähre das Schiff verlassen, aber sicherlich nicht um zu kapitulieren.

Colonel Kale muss Handeln.

„Wir müssen uns aufteilen und die Verräter in die Zange nehmen. Sie sind zwar in der Überzahl, aber das hat uns doch noch nie gestört. Major Average, Sie übernehmen die linke Seite, ich die rechte. Also los."

Die beiden Trupps schieben sich zwischen Containern um die Feinde herum.

Sobald sie die feindlichen Soldaten eingekreist haben, eröffnet der Colonel sofort das Feuer. Aber nur einer der Feinde wird sofort getroffen, die anderen gehen in Deckung.

Und sie haben eine bessere Deckung als die angreifenden Soldaten des Imperators, die einige Verluste hinnehmen müssen, obwohl sie schon in der Unterzahl sind.

Aber plötzlich stürmen aus heiterem Himmel weitere Soldaten heran. Und sie eröffnen das Feuer nicht auf Colonel Kale und seine Männer, sondern auf Colonel Canberras Truppen.

Es sind einige Soldaten des Kommandotrupps unter der Führung von Corporal Gambier, unterstützt durch loyale Sicherheitstruppen der Schiffsbesatzung. Colonel Canberra und seine

Männer können sich nicht lange gegen so viele Feinde behaupten und versuchen, zur wartenden Fähre durchzubrechen.

Aber sie kommen nicht allzu weit. Ein Fächer aus Laserstrahlen überzieht das gesamte Deck. Außerdem hatte der Ordnungsmagier, der Colonel Kale begleitete, all seine Kräfte dafür eingesetzt, eine magische Barriere zwischen Colonel Canberra und der Fähre aufzubauen.

Bald sind alle Soldaten der Leibwache des verräterischen Colonels niedergestreckt. Colonel Kale und seine Männer kommen aus ihrer Deckung. Corporal Gambier geht auf seinen Vorgesetzten zu.

„Ich bin froh, dass wir rechtzeitig hier eingetroffen sind, Sir. Captain Broone hat es leider nicht geschafft. Aber wir haben mittlerweile die Brücke eingenommen. Nachdem Canberra verschwunden war, sind wir nicht auf viel Widerstand gestoßen. Schlimm genug, dass er mit einem Übernahmeversuch gerechnet hat und sich eine eigene Leibwache besorgte.
Wir haben übrigens gerade eine Meldung von Admiral Orrik erhalten. Wir sollen uns sofort auf den Weg nach Guurdine machen. Unsere Flotte benötigt dort jedes verfügbare Schiff. Lord Cyclons Flotte ist fünfmal so groß wie unsere, aber wir müssen den Imperator dort herausholen. Er wird von einigen Rebellen unterstützt und hofft, noch so lange durchzuhalten, bis wir und Admiral Orriks Streitkräfte dort eintreffen."

Colonel Kale blickt erstaunt.

„Rebellen helfen dem Imperator? Also bald verstehe ich gar nichts mehr. Aber was soll´s. Lassen

Sie das Geschwader sofort mit Höchstgeschwindigkeit Richtung Guurdine starten. Ich werde die Offiziere auf ihre Posten einteilen und mich um die Verhaftung der restlichen Verräter kümmern. Senden Sie eine Erfolgsmeldung an Admiral Orrik und lassen Sie die Gefallenen hier bergen. Außerdem, gut gemacht, **Lieutenant**."

Gambier schaut seinen Colonel ob der plötzlichen Feldbeförderung groß an. Doch dann wird seine Überraschung schnell zu Freude.

„Aye, aye, Sir."

Lieutenant Gambier salutiert und verlässt das Schlachtfeld im Hangar.

Colonel Kale geht mit seinen Kommandosoldaten, die alle Offiziere waren, weswegen er sie seinem Trupp zugeteilt hatte und dem Captain die Mannschaftsdienstgrade mitgegeben hatte, zur Brücke.

Kapitel 14

*A*uf Guurdine tobt eine gewaltige Schlacht.

Nachdem die Geschichte über die Absetzung der Offiziere aus der Verräter-Fraktion in einigen Teilen der Flotte bekannt wurde, ließ General Brighton vorzeitig angreifen.

Die Männer Lord Cyclons versuchten nicht einmal mehr, sich zu tarnen, da der Imperator anscheinend ohnehin über einen möglichen Putsch informiert war.

Insgesamt drei Viertel der Lagergarnison starten einen Sturmangriff auf das Kommandozelt. Doch die Leibwache, die ein weiteres Viertel der stationierten Truppen ausmachte, hat sich verschanzt und versucht, den Angriff abzuwehren.

Während die angreifenden Truppen die Stellungen mit Laserfeuer eindecken, antworten die dunklen Engel mit Feuerstößen von ihren flammenden Schwertern. Drinnen im Zelt machen sich der Imperator, Leon, General Reeson und Commander Delial, der Kommandant der Leibwache, kampfbereit.

Sie überprüfen die Ladungen ihrer Waffen. Leon trägt außerdem seinen einen Meter achtzig langen weißen Magierstab.

Der Imperator sucht gerade im großen Schrankkoffer nach dem seinen, der allerdings schwarz ist.

„Verdammt, wo ist dieses Ding? Ich habe es extra versteckt, damit die Verräter nicht wissen, dass ich mich mit aller Macht verteidigen kann und jetzt finde ich den Stab selbst nicht."

Er wendet sich an seine Begleiter:

„Sie müssen unbedingt schon vorausgehen und versuchen auszubrechen. Irgendjemand von uns muss durchkommen. Sie können nicht auf mich warten. Mir fehlen auch noch wichtige Unterlagen. Wenn ich alles zusammen habe, dann versuche ich, zusammen mit Commander Delial und der Garde auszubrechen. Na los, gehen Sie schon."

Leon zögert noch, da er sich immer noch nicht vorstellen kann, dass ein so junger Mann so ein mächtiger Imperator sein kann. Dann setzt er sich aber doch in Bewegung.

„Majestät, wir treffen uns in der Amarna-Wüste, bei der *Elfenklinge*. Dann bringen wir Sie hier heraus. Zur Koros-Burg werden wir es ohnehin leider nicht mehr schaffen. Bis bald, und viel Glück."

„Ihnen auch Commander", erwidert der Imperator.

Die beiden Republikkämpfer stürmen aus dem Zelt. Commander Delial schließt sich Ihnen an, um endlich das Kommando über den Verteidigungsring zu übernehmen.

Der Imperator hat seine Suche wieder aufgenommen und hält schließlich seinen Stab des Drachens in den Händen.

Er hält ihn hoch und betrachtet den tiefblauen Kristall, der in dessen Spitze eingelassen ist wie eine Lebensversicherung.

Dann geht er zu seinem Schreibtisch herüber. Er öffnet ein gesichertes Fach und nimmt einige Papiere heraus, die die Markierung der höchsten Geheimhaltungsstufe des Imperiums tragen.

Er verstaut sie zusammen mit etwas Proviant und einigen Handwaffen in einem Rucksack. Plötzlich hebt er langsam den Kopf.

Admiral Nord hatte sich von hinten an ihn herangeschlichen und zwischen den Zeltbahnen versteckt.

Jetzt, da der Imperator allein ist, tritt er aus seinem Versteck hervor. Er hält eine schwere Blasterpistole in seiner Hand.

Der Imperator dreht sich langsam um und betrachtet die Waffe in der Hand seines ehemaligen Untergebenen.

„Admiral, was soll das? Haben Sie nicht schon genug Schaden angerichtet? Sie haben mir meine wahre Herkunft verheimlicht und mir dann auch noch mein Imperium genommen. Was können Sie da jetzt noch wollen?", fragt der Imperator, anscheinend völlig ungerührt.

Der Admiral antwortet mit Verachtung und gleichzeitig auch Angst in seiner Stimme:

„Ihr Leben. Solange Sie leben, ist das Imperium nicht sicher. Es tut mir Leid, aber ich werde Sie jetzt töten."

Er entsichert seine Waffe.

„Adieu, Majestät. Wir sehen uns in der Hölle wieder."

In diesem Moment drückt er ab.

Aber der Imperator hat bereits seinen Drachenstab gehoben und den Laserstrahl abgewehrt. Der junge Herrscher lächelt zufrieden.

Admiral Nord allerdings flucht und versucht es noch einmal. Doch auch die nächsten Laserstrahlen werden vom magischen Stab seines Gegners abgelenkt.

„Geben Sie auf, Admiral", sagt der Imperator drohend.

„Sie haben keine Chance. Wenn Sie die Waffe nicht weglegen, werde ich Sie töten müssen. Dann können Sie aber Lord Cyclon leider nicht mehr ausrichten, dass er derjenige sein wird, der den Rekord für die kürzeste Regierungszeit im Imperium aufstellen wird."

Diese Aussage gibt dem Admiral die Hoffnung, seinem Lord weiter zu Diensten sein zu können, wenn er nur überlebt.

„Gut. Sie haben gewonnen, Hayden. Aber weit werden Sie nicht kommen. Denken Sie an die Schlachtschiffe, die den Planeten umkreisen. Selbst die Mannschaft Ihres Flaggschiffes ist Fest in meiner Hand.", sagt der Admiral und wirft seine Waffe vor dem Imperator auf den Boden. Hayden nimmt seinen Stab wieder aus dem Gesicht des Admirals und bückt sich nach der Waffe.

In diesem Augenblick versucht Admiral Nord, aus dem Zelt zu stürmen. Den Imperator anzugreifen hätte ohne Waffe keinen Sinn.

Aber der Imperator hatte Nords Waffe bereits in der Hand und feuert auf den fliehenden Offizier, da er dessen zu frühe Flucht er nicht gestatten konnte. Der rote Laserstrahl bohrt sich in den Rücken des Admirals. Dieser sinkt in die Knie mit weit aufgerissenen Augen und einem Blick, als könnte er nicht glauben, dass dies wirklich passiert.

Der Imperator geht auf ihn zu, die Waffe immer noch in der Hand.

„Nun, Admiral, wie glücklich sind Sie jetzt noch über Ihren Putsch. Der Teil des Imperiums, den ich noch beherrsche, ist bald Teil der Republik, und Sie sterben bald. Genau wie Ihr geliebter Ziehsohn Lord Cyclon. Schöne Grüße von der Republik."

Er baut sich vor Admiral Nord auf, sieht ihm in die Augen und richtet den Drachenstab auf ihn. Dann trifft ein Energieblitz den alten Admiral direkt in die Brust.

Die magische Energie breitet sich über den ganzen Körper aus und löst ihn schließlich auf. Der Admiral ist damit aus dem großen Kampf um die Macht endgültig ausgeschieden.

Pargon Hayden kehrt zu seinem Schreibtisch zurück und nimmt seinen Rucksack auf.

Er überprüft noch einmal die Energiekammer des eroberten Blasters, bevor er ihn in den Gürtel schiebt und geht dann zum Ausgang des Kommandozeltes.

In der *Elfenklinge* hat General Torwin die Alarmsirenen aktiviert. Er weckt damit seine Kameraden und bereitet alles für einen Blitzstart vor. Carson ist der erste, der im Cockpit erscheint.

„Torwin, was ist los?", fragt er halbverschlafen.

„Es ist mitten in der Nacht. Es dauert doch noch Stunden bis zum Sonnenaufgang."

„Das Lager wird jetzt schon angegriffen. Leon ist in Gefahr. Wir müssen ihm helfen."

„Was ?"

Carson ist schockiert.

„Leon sagte doch, dass sie frühestens bei Sonnenaufgang angreifen. Schöner Mist."

In diesem Augenblick erscheint Gonron, der Golem, im Cockpit. Ohne zu fragen, macht er das Schiff endgültig startbereit. Als er fertig ist, knurrt er nur einmal, um Meldung zu machen.

Alle an Bord sind besorgt. Torwin macht eine kurze Durchsage.

„Alles anschnallen, ich starte."

In diesem Moment zünden auch schon die Triebwerke und die *Elfenklinge* schießt hinaus in die Nacht.

Kapitel 15

*A*uf der Brücke der *Rächer* geht General Brighton auf und ab. Er hat vor wenigen Minuten den Angriff auf die Garde des Imperators befohlen.

Er hat dazu einfach die Truppen auf dem Planeten eingesetzt und auf eine Tarnung verzichtet, nachdem die Berichte über die Aktionen der Einheiten des Imperators in einigen Teilen der Flotte eingetroffen sind.

Jetzt geht er auf Captain Cord, den Kommandanten der *Rächer*, der gerade an einem Sensorschirm steht, zu.

„Captain, habe Sie schon Daten über den Verlauf der Kämpfe auf dem Planeten?", fragt der General, der sichtlich um das Gelingen der Operation zur Ausschaltung des Imperators besorgt ist.

„Nein, Sir. Wir befinden uns immer noch im Lee des Planeten und haben ihn noch nicht weit genug umkreist. Aber aufgrund der Masse unserer Soldaten bin ich mir sicher, dass der Imperator bereits gefangen genommen oder getötet worden ist. Da unten herrscht mindestens ein Kräfteverhältnis von drei zu eins zu unseren Gunsten. Das kann er nicht überleben. Und vergessen Sie Admiral Nord nicht."

Der General wendet sich nach den Worten des Captains ab und beginnt, seinen Marsch über die Brücke fortzusetzen. Der Captain will ihm folgen, aber General Brighton winkt ab. Dann wendet Captain Cord sich doch wieder den Sensoren zu.

Auf Guurdine steht es für den Imperator und seine Verbündeten nicht gerade zum Besten.

Die Truppen des verräterischen Generals drohen den Schutzwall der Garde zu durchbrechen.

Master Leon, General Reeson, Commander Delial und Imperator Hayden haben sich hinter einem Großcontainer verschanzt, da die Republik-Kämpfer mit ihrem Ausbruchsversuch nicht sehr erfolgreich gewesen waren.

Überall um sie herum schlage Blasterstrahlen ein. Auch Explosionen sind überall zu sehen und zu spüren.

„Wir müssen eine Lücke finden und hier ausbrechen, sonst sind wir bald nur noch Faultierdreck", ruft der Imperator, der gerade erst zu den anderen gestoßen ist, atemlos herüber, um die Explosionen zu übertönen.

„Dort drüben ist die Angriffslinie am dünnsten. Wir müssen in die Wüste fliehen."

„Okay, dann aber sofort", ruft General Reeson.

Auf Leons Zeichen hin laufen alle mit feuernden Waffenlos. Ständig in Deckung springend laufen sie quer durch einen Teil des Lagers, immer von Laserstrahlen verfolgt.

Kurz vor dem Ende des Lagers stoßen sie plötzlich auf eine Einheit der feindlichen Sicherheitstruppen und einen Mammutgolem. Schweißgebadet verstecken sie sich hinter einem Zelt.

Der Imperator hätte nie gedacht, dass er einmal Angst vor der eigenen Kriegsmaschinerie und imperialen Soldaten haben könne.

Hinter ihnen verschwindet unvermittelt das Kommandozelt, in dem sich der Imperator bis vor kurzem aufgehalten hat, in einer gewaltigen Explosion, die auch einen nicht unerheblichen Teil seiner Leibwache tötet, die sich zwischen Containern und dem Kommandozelt verschanzt hatte.

Dennoch hatte sich die feindliche Truppe vor den fliehenden Kameraden nicht vom Fleck bewegt. Leon hat aber schon einen Plan, wie diese Übermacht auch zu besiegen sein könnte.

„Also, hört mir mal zu. General Reeson und Commander Delial geben uns von hier aus Feuerschutz und nehmen die Soldaten aufs Korn. Der Imperator und ich werden sie mit unseren magischen Stäben angreifen. Wir können ja auch Laserstrahlen abwehren und daher näher an sie heran. Und mit Hilfe der Magie sollten wir es auch irgendwie schaffen, mit dem Mammutgolem fertig zu werden. Einverstanden?"

Alle nicken.

„Sind sie bereit, Majestät?"

„Wann immer Sie wollen."

Auf geht´s", ruft Leon und springt zusammen mit Hayden aus der Deckung hervor. Sie rennen auf die verblüfften Soldaten zu.

Diese sind von dem plötzlichen Angriff so überrascht, dass sie erst das Feuer eröffnen, als die beiden Gefährten sie schon erreicht haben.

Leon und Pargon schlagen mit ihren Magierstäben auf die Soldaten ein, ohne dass diese sich dagegen wehren könnten.

Bei jedem Kontakt eines Stabes mit einem Feind gibt der in diesen eingefasste Kristall eine magische Entladung ab.

Es ist beeindruckend wie die grünen Entladungen Leons und die blauen Strahlen von Pargons Stab die Dunkelheit zerteilen.

Nach wenigen Minuten liegen schon viele Soldaten, von den Entladungen niedergestreckt, umher. Leon und Pargon haben zwar immer noch viele Blasterstrahlen abzuwehren, aber mit ihrer Magie ist das kein allzu großes Problem.

Doch plötzlich greift der Mammutgolem genau an ihrer Position in den Kampf ein. Die erste Salve, die von den an den metallenen Beinen der Kreatur befestigten Kanonen abgegeben wird, überrascht selbst den Imperator.

Er wird von den Trümmern eines explodierenden Containers verletzt und blutet stark aus einer Wunde an der linken Schulter. Dann geht er auch noch bewusstlos zu Boden.

Der Reiter des Mammutgolem feuert wieder, diesmal genau auf Leon. Dieser kann den gewaltigen Strahl noch einmal mit einem magischen Schild abwehren, wird durch die Wucht des Aufpralls aber einige Meter weit und zu Boden geschleudert.

Da gerade keine weiteren Sicherheitstruppen auf seine Position vorrücken, springen General Reeson und Commander Delial Leon und Pargon zur Hilfe, als der Mammutgolem auch schon wieder vorrückt.

Sie knien neben den beiden Verwundeten nieder und eröffnen das Feuer auf das Untier.

Aber der Knochenpanzer ist zu stark für die Handlaser, und Teile des Golems bestehen ohnehin aus reinem Metall.

Doch Leon hat sich von der vorherigen Attacke schon schnell wieder erholt und kommt langsam wieder auf die Beine. Während die beiden Offiziere weiter auf den Mammutgolem feuern, umkreist Leon die Kreatur und versucht, auf die kleine Plattform hinter die aufgesetzte Kanzel des Reiters zu kommen.

Von einem der toten Soldaten, die überall herumliegen, entfernt Leon eines der Stahlseile mit Kletterhaken vom Gürtel. Dann läuft er direkt hinter den Mammutgolem. Er schleudert den Haken direkt auf die Kanzel des Golems, der sich ungerührt immer weiter auf die beiden feuernden Offiziere zu bewegt.

Leon, der den Halt des Seiles prüfen will, wird von der laufenden Kreatur mit einem plötzlichen Ruck mitgeschleift. Dadurch weiß er auch schon, dass das Seil hält.

Reeson und Delial nehmen den Reiter aufs Korn, aber der Mammutgolem schwankt beim Gehen zu sehr, als dass ein gezielter Schuss möglich wäre.

Nun kommt auch der Imperator langsam wieder zu sich und versucht, sich aufzurichten, ist aber immer noch zu schwach. Leon hat es endlich geschafft, wieder auf die Beine zu kommen und hangelt sich jetzt am Seil nach oben zur Kanzel.

Durch die Bewegungen des Golems wird Leon aber ein paar Mal gegen die metallenen Beine des

Ungetüms geschleudert. Er hat Mühe, sich festzuhalten. Aber endlich ist er oben. Er hält sich an der Rückseite der Kanzel fest, richtet sich auf und holt den Stab von seinem Rücken, den er dort befestigt hatte, um beide Arme zum Klettern frei zu haben.

Leon rammt den Kristall seines Stabes in eine Wartungsluke an der Rückseite der Kanzel und durchtrennt einige Sicherungen und Hauptleitungen, die sich in einer Entladung seiner Magie in Luft auflösen. Dadurch werden mehrere kleine Feuer im Innenleben der Steuerung ausgelöst.

Er springt aus sechs Metern Höhe von dem Mammutgolem.

Kurz darauf explodiert die Reiterkanzel. In dieser Explosion vergeht auch die Kreatur, die von dort gesteuert wurde.

Kapitel 16

Durch den Druck der Explosion wurden auch Commander Delial und General Reeson von den Füßen gehoben. Zuerst kommt Commander Delial wieder halbwegs auf die Beine. Er ist zwar von der Druckwelle noch benommen, findet seine Orientierung aber recht schnell wieder.

Hastig schaut er sich nach den anderen um. Pargon Hayden liegt direkt hinter ihm, schon wieder bewusstlos, allerdings hat seine Wunde fast zu bluten aufgehört.

Leon wurde hinter einen Container geschleudert, ist aber schon langsam wieder dabei, zu Bewusstsein zu kommen.

Dann blickt Delial sich um, ob die Explosion einige der abtrünnigen Soldaten angelockt hat. Es sind aber keine Sicherheitstruppen zu sehen. Als er sich davon vergewissert hat, dass die Luft rein ist, sucht er nach General Reeson.

Aber er kann ihn nicht finden. Er rappelt sich schließlich auf und humpelt zu Leon, um ihm aufzuhelfen. Der Magier bekommt langsam einen klaren Kopf.

„W...wo, wo ist der General?"

„Tut mir leid, ich weiß es nicht, er war vorhin noch neben mir. Vielleicht ist er unter Trümmern begraben. Wir müssen eben suchen."

Delial hilft Commander Leon auf die Beine. Gemeinsam suchen sie die Umgebung nach dem General ab.

Mit aller Kraft stemmen sie Überreste des Mammutgolems und zerborstene Container in die Höhe. Immer wieder schauen die beiden Commander, die bis vor kurzem noch auf verschiedenen Seiten standen, sich um, ob feindliche Truppen im Anmarsch sind. Aber sie haben Glück.

Die Sicherheitstruppen scheinen zu sehr mit der Leibwache des Imperators beschäftigt zu sein, um sich mit diesem Teil des Lagers näher zu befassen.

Die beiden Commander suchen schon mehr als zwanzig Minuten, als sie eine große Stahlplatte hochstemmen.

Bei dem Anblick, der sich den beiden Kriegern nun bietet, lassen sie beinahe die schwere Platte wieder fallen. Unter ihr liegt General Reeson.

Er wurde von dem schweren Bauteil regelrecht zerquetscht. Da sie dem General offensichtlich nicht mehr helfen können, legen sie die Platte wieder zurück, um sich einen weiteren Anblick der schwer entstellten Leiche zu ersparen.

Delial muss sich erst einmal setzen. Leon fragt sich in seinem Leben zum hundertsten Male nach dem Sinn eines Krieges. Er hat schon so viele Freunde und Verwandte während des Kampfes für die Freiheit der Galaxis verloren, dass er sich langsam fragt, wer später noch übrig bleibt, um die schwer erkämpfte Freiheit auch noch zu genießen.

Doch nach wenigen Augenblicken ist er wieder bei der Sache. Er geht zu Commander Delial und klopft ihm auf die Schulter.

„Kommen Sie, Tur. Wir müssen uns um den Imperator kümmern. Wenn ihm jetzt auch noch etwas zustößt, dann war das alles hier umsonst."

„Ja, Sie haben Recht: Wir sollten uns wirklich beeilen, von hier wegzukommen. Wer weiß, wie lange meine Männer den Feind noch beschäftigen können."

Er steht auf, und die beiden Krieger gehen los, um den Imperator aus dem Lager hinauszubringen.

Als sie ihn erreicht haben, hieven sie Pargon hoch, um ihn wegzutragen.

Als Leon dabei dessen Arm bewegt, kommt der Imperator durch den Schmerz halbwegs wieder zu Bewusstsein.

Jedenfalls flüstert er einige Worte vor sich hin, die Leon kaum verstehen kann.

„Lager...raus...Flotte...bald kommen...Admiral Orrik ...Bombardement..."

Delial und Leon schauen sich entsetzt an. Sie müssen so schnell wie möglich Abstand zwischen sich und das Lager bringen, wenn Admiral Orrik wirklich ein Bombardement aus dem Orbit durchführen will.

In diesem Moment ist der Imperator auch schon wieder bewusstlos. Während sie sich aufmachen und Hayden wegtragen, denkt sich Leon:

„Torwin, wo steckst Du bloß?"

Die *Elfenklinge* fliegt über die Dünen des riesigen Sandmeeres hinweg.

General Torwin sitzt fluchend im Cockpit, weil sie kurz nachdem sie Leons Funkspruch erhalten hatten und gestartet waren wieder landen mussten, um die Kreiselstabilisatoren neu zu justieren, die von

87

der Hauptsteuerachse des Hyperantriebes ebenfalls polarisiert worden waren.

Durch die unerwartete Reparatur haben sie mehr als eine Stunde verloren.

„Verdammt, Leon kann schon längst tot sein, nur wegen dieses Schrotthaufens."

Kaya kommt von hinten auf ihn zu und legt ihm beruhigend eine Hand auf die Schulter.

„Torwin, Leon ist noch am Leben, ich kann es fühlen."

Der General blickt seine Frau dankbar an und küsst sie. Dann konzentriert er sich wieder auf den Flug. Gonron, der auf dem Copilotensitz lümmelt, bafft nervös. Von den Schirmen im hinteren Teil des Cockpits meldet sich Carson:

„Noch zwei Minuten bis zum Erreichen des Lagers. Meine Güte, da muss eine gewaltige Schießerei im Gange sein. Die Anzeigen über das Lager sind von zahlreichen Explosionen gestört. Ich hoffe, wie finden Leon und die anderen überhaupt. Noch eine Minute. Jetzt habe ich klarere Anzeigen über die Kämpfe. Eine Gruppe hat sich am zentralen Zelt verschanzt und wird von einer Übermacht angegriffen. Oh mein Gott."

Das, was Carson mit dieser Aussage meint, kann man jetzt schon durch die Cockpitscheibe sehen.

Die Sicherheitstruppen haben gerade zum Sturm angesetzt und setzen alles ein, was sie haben. Auch Mammutgolems.

Die Garde des Imperators wird regelrecht niedergewalzt. Sie werden bis auf den letzten Mann aufgerieben.

Der einzige Trost für die Beobachter ist, dass auch die Truppen der abtrünnigen Offiziere nicht ohne größere Verluste davongekommen sind.

Die Freunde blicken entsetzt auf die Szenerie unter ihnen, als sie TDEs Stimme hinter sich hören.

„Oh Gott. Hoffentlich war Master Leon nicht mehr beim Kommandozelt."

Torwin dreht sich zu dem blauen Androiden um.

„Erzähl nicht immer solche Schauergeschichten, TDE. Leon wird schon nichts passiert sein. Achtung, ich setze jetzt am Rande des Lagers zur Landung an."

In diesem Augenblick dreht die *Elfenklinge* eine Runde über dem Platz und landet direkt am Lagerrand, in der Nähe des größten Brandherdes.

Als das Schiff den Boden berührt hat, springen alle von ihren Sitzen und stürzen in Richtung Rampe, die Waffen zur Hand nehmend. Mit den Waffen in den Händen stürmen sie aus dem Raumschiff.

Als sie das Ende der Rampe erreichen, sind sie von Rauch umgeben. Torwin, der schon wieder als erster vorgeprescht war, gibt den anderen ein Zeichen stehen zu bleiben.

Plötzlich tauchen aus dem Rauch Blasterstrahlen auf, die in der Nähe des Schiffes einschlagen.

Wenige Augenblicke später können sie drei Personen sehen, die anscheinend die Ziele des massiven Feuers sind. Einer der drei Gejagten ist anscheinend schwer verwundet, denn er wird von den anderen beiden getragen.

Die Sicherheitstruppen rücken auch immer näher.

Plötzlich ruft Kaya:

„Torwin, das ist Leon. Wir müssen ihnen sofort helfen, sonst werden sie es nicht bis zu uns schaffen."

Torwin, Gonron, Carson und Kaya stürzen auf die Freunde zu. Sie feuern im Lauf aus allen Rohren.

Die Sicherheitstruppen sind jetzt schon sehr nah herangerückt und sehen, dass sie mit mehr Gegnern konfrontiert werden, als sie dachten.

Sie stoppen, gehen in Stellung und eröffnen nun gezielt das Feuer. Hauptsächlich nehmen sie die *Elfenklinge* unter Beschuss, um sie fluguntauglich zu schießen, da sie natürlich wissen, dass sie dem Feind eine wunderbare Fluchtmöglichkeit bietet.

Aber die Handfeuerwaffen der Sicherheitstruppen können dem Schiff nicht einmal Kratzer zufügen.

Als die vier Crewmitglieder ihre Kameraden erreichen, helfen sie Leon und Commander Delial, den Imperator ins Schiff zu tragen.

Carson und Gonron geben ihnen Feuerschutz und beharken die Sicherheitstruppen weiter mit Blasterfeuer, um sie von Torwin, Kaya, Leon, Tur und Pargon abzulenken.

Torwin ruft dem auf der Rampe stehenden TDE Anweisungen zu:

„TDE, mach sofort die Krankenstation klar. Wir haben einen Verwundeten. Und beeil Dich, Blaufuß."

TDE geht, für einen Androiden ungewöhnlich schnell, in Richtung Krankenstation. Er bereitet die medizinischen Geräte vor, damit der General nicht schon wieder etwas auszusetzen hat.

Als die Freunde den Verletzten ins Schiff gebracht haben, machen sich auch Carson und Gonron auf den Weg in die Sicherheit des Schiffes.

Von den Sicherheitstruppen gefolgt, die nun wieder vorrücken, rennen sie auf das Schiff zu.

An der Rampe angekommen feuern sie noch einmal aus allen Rohren, um die Sicherheitstruppen zu Boden zu zwingen.

Doch Torwin hat auch bereits schon die Selbstverteidigung des Schiffes ausgelöst, die an den Seiten Infanterieabwehrkanonen ausfährt. Die Steuerbordkanone feuert sofort auf die angreifenden Sicherheitstruppen, die dadurch sofort gestoppt werden.

So können Gonron und Carson endlich das Schiff betreten und die Rampe hinter sich schließen.

Leon und Delial bringen Imperator Hayden in die Krankenstation, wo Kaya sich um ihn kümmert. Torwin lässt die Aggregate des Schiffes wieder warmlaufen.

Plötzlich sieht er zwei Artillerie-Mammutgolems durch den Rauch auf sich zukommen. Über die Bordsprechanlage informiert er die anderen über seinen improvisierten Plan.

„Achtung Leute. Alles festhalten. Ich führe jetzt einen Notstart durch."

Mit donnerndem Getöse zünden die Atmosphärentriebwerke der *Elfenklinge*. Mit achtzigtausend Tonnen Schubkraft setzt sich das Schiff in Bewegung. Es schießt direkt auf die Mammutgolems zu und wird im letzten Augenblick von General Torwin hochgezogen.

Dann fliegt das Raumschiff in den morgendlichen Himmel von Guurdine hinauf. Die Kanonen der Mammutgolems feuern nur noch ins Leere.

Kapitel 17

*I*n diesem Augenblick taucht aus dem Hyperraum die neue Flotte des Imperators vor Guurdine auf.

Admiral Orrik steht auf der Brücke und wartet auf Informationen seiner Sensorcontroller und der Analytiker. Er steht vor dem großen Sichtfenster und blickt auf die große Sandkugel.

Von hinten nähert sich ihm Captain Gaines.

„Sir, wir haben ein Schiff auf dem Schirm, das zwar die ID-Signale einer Familienyacht abstrahlt, aber das Gewicht und die Analyse der Triebwerke lässt darauf schließen, dass es sich bei diesem Schiff in Wirklichkeit um die *Elfenklinge* handelt. Da war jemand etwas schlampig bei der Tarnung. Die *Elfenklinge* ist das im Imperium am meisten gesuchte Rebellenschiff. Es wird von General Torwin und dem Ordnungsmagier Leon genutzt."

„Ich weiß", erwidert der Admiral.

„Der Imperator hat allerdings befohlen, dass wir mit denen oder anderen Rebellen Kontakt aufnehmen sollen, um sie über die Lage zu informieren. Es ist also egal, wie lange wir schon nach diesem Schiff suchen."

In diesem Moment tritt ein Kommunikationsoffizier zu den beiden.

„Sir", spricht er Admiral Orrik an.

„Wir haben soeben einen Funkspruch von dem Rebellenschiff empfangen. Sie möchten unseren Oberbefehlshaber sprechen. Möchten Sie das Gespräch entgegennehmen?"

„Natürlich, Lieutenant. Ich komme."

Der Admiral folgt dem Lieutenant zu einer Kom-Konsole und drückt den Sendeknopf.

„Hier spricht die *Vendetta*. Admiral Orrik ruft die *Elfenklinge*."

„Hier spricht General Torwin, Admiral. Wir kommen gerade von Guurdine. Dort hat vor wenigen Stunden ein Großteil der imperialen Führungsoffiziere einen Putschversuch unternommen. Und Admiral Nord hat versucht, den Imperator zu töten."

Admiral Orriks Gesicht zeigt große Besorgnis.

„Ist der Imperator noch am Leben? Haben Sie ihn nach dem Attentat noch gesehen? Wenn der Imperator gefallen ist, wäre das eine Katastrophe."

Torwin beruhigt den Admiral.

„Der Imperator hat den Anschlag unbeschadet überstanden."

Admiral Orrik seufzt innerlich vor Erleichterung, bis Torwin fortfährt.

„Allerdings wurde er auf der Flucht verletzt."

Er redet weiter, ohne den Admiral zu Wort kommen zu lassen:

„Aber es ist keine lebensgefährliche Verletzung. Meine Frau kümmert sich gerade um ihn in unserer Krankenstation. Wenn Sie ihn in Ihr Bordlazarett verlegen, ist er bald schon wieder auf dem Damm. Ich hoffe, Sie nehmen uns bald an Bord. Der Imperator hat uns die Lage erklärt und auch schon mit Verhandlungen begonnen. Aber wir sollten hier dann auch lieber schnellstens verschwinden. Denn die Flotte der Verräter kommt bald über den Horizont des Planeten."

Admiral Orrik kommt aus dem Staunen gar nicht mehr heraus.

„Verdammt. Dann beeilen Sie sich. Sie haben Landeerlaubnis in Hangar 5-2-1, Orrik Ende."

Admiral Orrik geht auf den Laufsteg der Brücke hinauf.

„Commander Owens, lassen Sie Hangar 5-2-1 für die Ankunft unsere Gäste vorbereiten. Und schicken Sie ein Med-Team dorthin. Der Imperator ist verwundet. Captain Gaines, geben Sie Alarm für die Flotte. Eine feindliche Streitmacht befindet sich auf der anderen Seite des Planeten im Orbit und ist auf dem Weg zu uns. Sobald die *Elfenklinge* gelandet ist, springen wir sofort in den Hyperraum. Ich habe keine Lust, mich mit einem überlegenen Gegner anzulegen."

Auf der *Rächer* steht Admiral Brighton, bis zum Tode Admiral Nords noch General, und strahlt über das ganze Gesicht. Er hat soeben die Meldung von der Vernichtung der kaiserlichen Garde bekommen.

Der Umstand, dass der Imperator bisher noch nicht gefunden wurde, ist zwar nicht allzu erfreulich, aber auch keine Tragödie. es ist nur noch eine Frage der Zeit, bis die mittlerweile eingetroffenen Schüler Lord Cyclons ihn und die Rebellen finden und töten würden, falls ihre Leichen nicht bereits im ehemaligen Lager unter Trümmern begraben sind.

Nach der erfolgreichen Übernahme von neunzig Prozent der gesamten imperialen Flotte durch die

Putschisten sind solche kleinen Rückschläge nur noch Lappalien.

Plötzlich beginnt die Leuchte an der Konsole neben dem Admiral zu blinken.

Er drückt auf den Aktivierungsknopf. Aus dem Lautsprecher tönt die Stimme von Captain Rawlings, einem Schlachtschiffkommandanten.

„Hier spricht das imperiale Schlachtschiff *Saratoga*. Wir befinden uns am Rand der Flotte und sind gerade über den Horizont gekommen. Unsere Sensoren zeigen eine Flotte von Schlachtschiffen, die sich aus dem Hyperraum genähert hat. Admiral, es ist keines von unseren Geschwadern, daher kann es sich nur um Truppen des Imperators Handeln. Augenblick, Sir. Ich bekomme gerade noch eine Meldung. Ein Rebellenschiff ist von Guurdine geflohen und nähert sich nun der anfliegenden Flotte."

Der Admiral ist wütend.

„Geben Sie sofort Gefechtsalarm. Die haben sicher Hayden an Bord, sonst würden imperiale Kommandeure keine Rebellenschiffe schützen. Er darf uns nicht entkommen. Wenn ihnen die Flucht gelingt, kostet Sie das Ihren Kopf, Captain."

Brighton stürzt zum Aussichtsfenster, als auch schon die Sirenen zu heulen beginnen.

Im Innern der riesigen Schlachtschiffe der Verräterflotte stürzen die Besatzungen zu ihren Jägern, um die imperiale Flotte zu vernichten.

Das ist Admiral Brightons große Chance, den Imperator, die Loyalisten und einige hohe Rebellenoffiziere auf einmal loszuwerden.

Bald schießen auch schon Spurjäger und einige der neuen Bomber, zylindrische Röhren mit Tragflächen und einem riesigen Laderaum für Bomben, aus den Rümpfen der Trägerschiffe. Diese Bomber waren ausgerechnet auch noch eine der letzten Erfindungen des Imperators. Und diese Innovation wendet sich nun gegen ihn selbst, zur Freude Lord Cyclons.

Die Geschwader lösen sich bereits von der Flotte und schießen über den Horizont des Planeten, dem Imperator entgegen.

Auf der *Summit*, dem vorgeschobenen Schlachtschiff der imperialen Flotte, beginnen augenblicklich die Sirenen des Kollisionsalarms zu schrillen.

Captain Huka, der Kommandant der *Summit*, und sein Stellvertreter Commander Vico, die sich gerade unterhalten, stürzen sofort zum Sensorcontroller.

„Was ist da los", fragt Captain Huka, während er konzentriert auf die Sensoranzeige starrt.

„Eine feindliche Phalanx, mehrere Geschwader, nähert sich unserer Flotte. Interceptor-Jäger und die neuen Bomber der Avatar-Klasse. Sie sind in zwei Minuten in Gefechtsentfernung."

Der Captain blickt Commander Vico an.

„Melden Sie das der *Vendetta*. Wir müssen hier so schnell wie möglich weg."

„Sofort, Sir."

Der Commander macht sich umgehend auf den Weg zur Kom-Station.

Auf der *Vendetta* wartet Admiral Orrik auf Meldungen über den Imperator.

Die *Elfenklinge* fliegt gerade in eine der Landebuchten des großen Behemoth-Klasse-Schlachtschiffes ein, als plötzlich die ganze Bordelektronik des Republik-Schiffes einen Ausfall hat und das Triebwerk wie auch die Steuerdüsen auf keine Befehle des Generals am Steuer mehr ansprechen.

Die *Elfenklinge* kommt plötzlich vom Kurs ab, und das Triebwerk gibt ungezügelt Schub.

Im Cockpit versucht Torwin hektisch, das Schiff wieder unter seine Kontrolle zu bekommen.

Er hofft, mit Hilfe der Hydraulik-Notdüsen wenigstens den Kurs zu halten, bis Gonron hinten im Maschinenraum die Triebwerksregelung und die Steuerdüsen überbrückt hat.

Er ruft nach hinten ins Passagierabteil:

„Leon, komm sofort ins Cockpit. Ich brauche Deine Hilfe."

Leon kommt sofort hastig angestürzt.

„Was gibt es, Torwin?"

„Ich dreh hier jetzt gleich die Hydraulikventile für die Notdüsen auf und versuche, die Kiste auf einen Kurs zu setzen. Du musst den Kurs dann halten, bis ich Gonny geholfen habe, die Elektronik für die

Steuerung und den Antrieb, diese Drecksdinger, zu überbrücken. Okay?"

Dann dreht er die Ventile auf, und zischend wird Druckluft in die Anlage gepresst. Mit Hilfe der Hydraulik steuert Torwin die *Elfenklinge* wieder halbwegs auf einen kontrollierten Kurs, allerdings nur langsam. Torwin redet beschwörend auf sein Schiff ein.

„Nur weiter so, Baby. Ich wusste, dass Du mich nicht im Stich lässt."

Doch plötzlich steuert das Schiff nur noch geradeaus. Weder die Hydraulik, noch die Standardsteuerung bewegen das Schiff in irgendeine Richtung. Torwin ist außer sich.

„Verdammt, dieser alte Schrotthaufen hat mich bis heute nur einmal in Stich gelassen, als die imperialen mich geschnappt haben. Ich dachte, dass passiert nie wieder."

Leon spricht Torwin von der Seite her an.

„So etwas ist auch nicht wieder passiert. Es ist viel schlimmer."

Dann deutet er mit der Hand aus dem Cockpitfenster. Torwin kann sehen, was sein Schwager meint.

Es ist wirklich um einiges schlimmer. Die *Elfenklinge* rast nun direkt und steuerlos auf die feindlichen Jagdgeschwader zu, die sich nähern, und hin zu den feindlichen Schlachtschiffen, die gerade über dem Horizont von Guurdine aufsteigen.

Torwin springt aus seinem Sitz und stürzt nach hinten.

Leon, übernimm das Steuer. Falls ich das Ding wieder in Gang bekomme, müssen wir hier verdammt schnell weg."

Kurz darauf verschwindet er im Maschinenraum des Schiffes.

Auf der *Vendetta* bricht mittlerweile Panik aus. Controller, Soldaten und Offiziere stürzen durcheinander. Durch das Chaos ruft der Captain der *Vendetta* in Richtung des Admirals.

„Admiral, die *Elfenklinge* ist plötzlich beim Landeanflug ausgebrochen und schießt nun unkontrolliert in den Raum. Sie scheinen einen schweren Elektronikschaden zu haben."

Der Admiral bekommt den Mund nicht wieder zu.

„Wollen Sie damit sagen, dass wir den Imperator schon wieder verloren haben? Fangen Sie sie mit dem Traktorstrahl wieder ein. Wir können den Imperator nicht dem Feind überlassen."

Die Ungläubigkeit des Admirals schlägt nun langsam in Erschütterung um. Und der Captain macht die Situation auch nicht gerade besser.

„Sir, wir haben es schon versucht, aber sie sind zu schnell und mittlerweile auch außer Reichweite. Aber das ist noch nicht das Schlimmste. Sie fliegen direkt auf die feindlichen Verbände zu und können nicht beidrehen. Ich habe zwar nur kurz zu ihrem Schiff Kontakt gehabt seit dem Unfall, aber es scheint ernste Probleme mit der Reparatur zu geben. Was machen wir nun, Sir?"

Der junge Admiral überlegt fieberhaft, als er von einem Ruf des Sensorcontrollers unterbrochen wird.

„Noch zwei Minuten bis die *Elfenklinge* in Reichweite der feindlichen Jäger ist. Und noch acht Minuten bis zu den feindlichen Großkampfschiffen."

Der Controller schaut den Admiral kurz an, wendet sich dann aber sofort ab und seinen Anzeigen zu. Der Admiral hat nun eine schwere Entscheidung zu treffen.

„Captain, geben sie Befehl, dass alle Jäger der Flotte gestartet werden, und dass dann alle Jagdmaschinen und Großkampfschiffe mit höchster Sublichtgeschwindigkeit dem Imperator folgen und die Feindschiffe von der *Elfenklinge* abdrängen. Beten Sie, dass dem Imperator nichts geschieht, und dass der Feind nicht weiß, wer sich in diesem steuerlosen Schiff befindet."

„Aye, aye, Sir."

Als der Geschwaderführer der Jagdmaschinen der *Rächer* die *Elfenklinge* entdeckt, ruft er sofort sein Mutterschiff.

„Achtung Zentrale, hier spricht der Jagdführer. Das Rebellenschiff, das von Guurdine geflohen ist, hat von der feindlichen Flotte abgedreht und hält nun direkt auf uns zu. Es sieht nach Problemen an Bord aus, denn das Schiff schlingert und weist andauernde Kurswechsel auf, als ob jemand versucht, das Schiff ohne Elektronik zu steuern. Was sollen wir mit dem Schiff machen? ETA eine Minute."

Auf der Brücke übernimmt Admiral Brighton, der zufällig die Meldung mitbekommen hat, persönlich das Kom.

„Commander, stellen Sie vier Jäger ab, die das Schiff verfolgen, bis es in Reichweite unserer Traktorstrahlen kommt. Sollte es den Rebellen gelingen, das Schiff vorher wieder flugfähig zu machen, haben Sie Befehl, das Schiff zu zerstören. Haben Sie verstanden?"

„Ja, Sir. Alles wird ausgeführt, wie Sie befehlen. Jagdführer Ende."

Der Commander schaltet zurück auf seine Geschwaderfrequenz.

„Mephisto Sieben bis Zehn. Verfolgen Sie das Feindschiff bis zur *Rächer*. Sollte es versuchen auszubrechen, haben Sie Feuerbefehl. Der Rest folgt mir, wir kümmern uns um die Kampfschiffe."

Kapitel 18

*A*uf der *Rächer* ist Admiral Orrik über die gute Nachricht sehr erfreut.

„Jetzt bekommen wir den Imperator doch noch in unsere Hand. Und seine Rebellenfreunde noch dazu. Das ist schon der halbe Sieg."

Doch seine Freude wird durch einen Ruf des Captains getrübt.

„Sir, die feindlichen Schlachtschiffe haben auf unsere Anwesenheit reagiert und ihre eigenen Jäger gestartet. Und es sind doch mehr, als wir erwartet haben. Es scheint nahezu jedes Schiff zu sein, das dem Imperator nach dem Putsch noch verblieben ist. Und sie jagen mit höchster Unterlichtgeschwindigkeit auf uns zu. Aber ein Punkt macht mich stutzig. Zu der Flotte des Imperators gehört auch ein Schiff der Behemoth-Klasse. Und in der ganzen Flotte gab es nur einen einzigen, die *Rächer*, und in der stehen wir gerade. Woher hat der also dieses Schiff?"

Admiral Brighton ist entsetzt. Er kann es einfach nicht glauben. Vielleicht will er das auch gar nicht. Doch nach wenigen Sekunden findet er seine Sprache wieder.

„Verdammt. Dieser Mistkerl von Imperator. Wir hätten seine Magie doch nicht unterschätzen sollen. Hayden hat den Putsch mit ihrer Hilfe vorausgesehen und heimlich Schiffe bauen lassen. Wir wissen nicht einmal wie viele, und ob das seine ganze Flotte ist, was uns da gerade angreift. Er hat ja auch noch an die zehn Prozent der alten imperialen Flotte zur Verfügung. Geben Sie Befehl an die Flotte, alles für einen Hyperraumsprung nach Carendollon bereit zu machen und geben Sie mir noch einmal den Geschwaderkommandanten der Jäger auf das Kom."

„Jawohl, Sir", antwortet der Captain und ruft den Commander. Kurz darauf gibt er dem Admiral das Kom.

„Commander, hier spricht Admiral Brighton. Mit wie vielen Feindmaschinen haben Sie es da draußen zu tun?"

„Eine gewaltige Übermacht. Sie ist so groß, dass wir ihre Überlegenheit nicht einmal einschätzen können. Es sind zu viele. Wir müssen uns zurückziehen, sonst werden wir vernichtet. Nicht einmal unsere Schlachtschiffe sind bei dieser Lage vor der Zerstörung sicher. Sir, bisher habe ich eine direkte Konfrontation mit dem Feind vermieden, um die Aufbringung des Rebellenschiffes sicherstellen zu können."

Anscheinend hatte der imperiale Kommandant auf der Gegenseite die Stärke von Lord Cyclons Truppen bei Guurdine überschätzt, als er den Rückzug vorbereitet hatte und nur seine Jagdmaschinen zur Rettung des Imperators ausgeschickt hat.

„Gut Commander", antwortet Brighton.

„Kommen Sie sofort auf die *Rächer* zurück. Wir verschwinden von hier."

Doch noch bevor eine Antwort eintrifft, hört der Admiral einen lauten Knall, dann ist die Verbindung unterbrochen.

Admiral Brighton hält das Kom weit von sich weg und starrt es ungläubig an. Dann ruft er hinein.

„Commander, was ist bei Ihnen los?"

Doch aus dem Lautsprecher kommt nicht die Stimme des Geschwaderführers sondern die von Lieutenant Levu.

„Sir, wir haben Feindkontakt. Wir haben wohl zu spät abgedreht. Und wir haben bereits hohe Verluste hinnehmen müssen. Der Commander ist abgeschossen worden. Wir schaffen es nicht mehr zu unseren Schlachtschiffen, Sie müssen uns entgegenkommen. Die vier Jäger, die wir hinter dem Rebellenschiff hergeschickt haben, sind auch gerade abgeschossen worden. Der Feind überrollt uns einfach. Verdammt", ruft der Lieutenant noch, dann ist für ein paar Sekunden Ruhe im Äther. Admiral Brighton befürchtet schon, dass es den Lieutenant auch erwischte hat, als dieser sich wieder meldet.

„Sir, wir sind eingekreist. Sie werden das Rebellenschiff auch nicht mehr erreichen können. Bringen Sie die Flotte in Sicherheit. Wir kommen aus diesem Hexenkessel ohnehin nicht mehr lebend heraus. Viel Glück, Admi..."

In diesem Augenblick verwandelt sich der Jäger des Lieutenants in einen Feuerball.

Die *Rächer* ist mittlerweile so nah an das Geschehen herangerückt, dass der Admiral das Ende seiner letzten Jagdflieger mit bloßem Auge sehen kann.

Er stürmt hoch auf den Brückengang, von dem er die gesamte Brücke unter seiner Kontrolle hat. Er ruft dem Captain zu:

„Wie nah ist das Rebellenschiff?"

Der Captain blickt von seinem Bildschirm auf. Er antwortet mit Bedauern in seiner Stimme:

„Sir, sie sind mittlerweile in Reichweite unserer Traktorstrahlen, aber es sind zu viele Schiffe da draußen, wir können sie einfach nicht erfassen. Gerade jetzt passieren sie unsere Flotte. Nein, warten Sie. Sie rasen mitten durch unsere Formation hindurch. Sie sind auf Kollisionskurs mit der *Folterknecht*.

Zu der gleichen Ansicht kommt in diesem Moment auch Commander Leon im Cockpit der *Elfenklinge*. Vor sich sieht er ein Schlachtschiff des Feindes immer größer werden, während die anderen an ihnen vorbeizischen.

Nervös ruft er Torwin, der im Maschinenraum verbissen arbeitet, etwas zu:

„Torwin, ich glaube, Du solltest Dich etwas beeilen. Wir haben hier ein kleines Problem."

Aus der Luke des Maschinenraumes am anderen Ende des Ganges hinter dem Brückenschott steckt Torwin ärgerlich den Kopf heraus.

„Ich weiß, dass wir mitten in den größten Schlamassel hinein fliegen. Ich tue ja schon, was ich kann, aber..."

Die letzten Worte bleiben ihm im Hals stecken, denn in diesem Augenblick hat er selbst quer durch das ganze Schiff das Schlachtschiff auf Kollisionskurs gesehen. Verblüfft und geschockt ruft er aus:

„Heiliger Elfendreck. Gonron, komm sofort her und hilf mir."

Und schon ist er auch wieder in der Luke des Maschinenraumes verschwunden. Gonron, der gerade an der Triebwerkskontrolle gearbeitet hat, geht ebenfalls zur Steuerkontrolle.

Aus dem Maschinenraum hört man nur noch Flüche und wütendes Knurren.

Plötzlich wird das Schiff von einem Laserstrahl getroffen und durchgerüttelt. Torwin und Gonron kugeln wild durcheinander, und auch TDE, der im Passagierabteil steht, und sich mit Gimmick unterhält, war auf so etwas nicht vorbereitet. Er fliegt direkt in die Arme von Commander Delial, was TDE sichtlich peinlich ist.

Torwin blafft wütend zu Leon herüber:

„Was ist da los?"

„Die Schlachtschiffe haben das Feuer auf uns eröffnet."

Auf der *Vendetta*, die nun schon sehr nah an die feindliche Flotte herangekommen ist, sieht Admiral Orrik mit Entsetzen, was die feindliche Flotte mit der *Elfenklinge* vorhat. Sein junges Gesicht ist von Sorgenfalten gezeichnet. Er denkt angestrengt nach, wie er den Imperator doch noch retten kann.

„Captain Gaines", ruft er den Jungen Kommandanten des Flaggschiffes zu sich, der auch sofort reagiert.

„Ja, Sir ?"

„Geben Sie sofort den Befehl an die Flotte, dass wir mit den feindlichen Schlachtschiffen in den Nahkampf gehen müssen. Wir müssen sie vom Imperator fernhalten. Und was ist eigentlich mit den feindlichen Jagdmaschinen?"

Captain Gaines hat diesmal eine gute Nachricht.

„Sie sind alle vernichtet, Sir."

„Verstärkungen ?"

„Keine, Sir. Wir haben sie alle erwischt. Die feindliche Flotte besteht wohl immer noch aus so vielen Schiffen, wie sie der Imperator mit nach Guurdine genommen hat. Sie ist anscheinend nicht, wie wir befürchtet haben, durch weitere Verräterschiffe verstärkt worden."

Der Admiral ist sichtlich erfreut.

„Gut, wenigstens etwas. Aber jetzt formieren Sie die Flotte."

Captain Gaines macht sich auf und informiert die Captains der anderen Schlachtschiffe. Wenig später fliegen die riesigen Schiffe, aus allen Rohren feuernd, auf die gegnerischen Großkampfschiffe zu.

Admiral Brighton steht mit einem wutverzerrten und gleichsam fassungslosen Gesichtsausdruck vor dem großen Brückenfenster der *Rächer*.

Um ihn herum herrscht ein heilloses Chaos. Er bemerkt nicht einmal den Captain, der von hinten zu ihm tritt.

Erst als der Captain zu sprechen beginnt, bemerkt er ihn.

„Sir, wir können nicht mehr warten, bis das Rebellenschiff zerstört ist. Die feindliche Flotte ist schon zu nah. Wir sind in großer Gefahr. Unsere Flotte muss sofort den Sprung in den Hyperraum einleiten oder Lord Cyclon muss sich einen neuen Stab und ein neues Flaggschiff suchen. Darf ich den Befehl zum Rückzug geben, Admiral?"

Brighton blickt geistesabwesend auf die Szenerie im All.

„Ja, tun Sie das, Captain. Tun Sie das."

Der Captain schaut seinen Oberbefehlshaber noch einmal sorgenvoll an und macht sich auf den Weg, wenigstens noch einen Teil der Flotte zu retten.

Das Schlachtschiff *Folterknecht* füllt nun schon das gesamte Cockpitfenster der *Elfenklinge* aus. Die Passagiere bereiten sich schon geistig darauf vor, in weniger als einer Minute nur noch kosmischer Staub im All zu sein. Unvermittelt hören sie Jubelgeschrei und -gebrüll.

Nach einigen Sekunden ruft Torwin aus dem Maschinenraum:

„Leon, zieh die Kiste hoch. Oder willst Du als Matschfleck auf der Windschutzscheibe von diesem Koloss enden?"

Leon kippt einige Schalter auf der Steuerung und die *Elfenklinge* schießt senkrecht nach „oben".

Die *Folterknecht* zieht nur wenige Meter am Bug des Republik-Schiffes entfernt vorbei. Alles, was nicht niet- und nagelfest ist, wird durch das Schiff der Kameraden geschleudert.

Als die Lage des Schiffes wieder stabilisiert ist, brechen alle Mannschaftsmitglieder in ein großes Jubelgeschrei aus. Alle, bis auf den Imperator, der immer noch bewusstlos auf der Krankenstation liegt.

Torwin und Gonron kommen aus dem Maschinenraum, wo sie sich eben noch um die Triebwerksregulierung gekümmert haben, und übernehmen wieder ihre Angestammten Plätze im Cockpit.

Torwin steuert dann die *Elfenklinge* durch das Gewirr der feindlichen Großkampfschiffe und nimmt Kurs auf die imperiale Flotte.

Als er die Feindschiffe, die überraschenderweise das Feuer eingestellt haben, hinter sich gelassen hat, schießen diese plötzlich in den Hyperraum.

Im All schweben nur noch die imperialen Jäger und Schlachtschiffe und die Trümmer des vergangenen Kampfes.

Sie sind die Zeugen des ersten Sieges der Allianz zwischen der Republik und den Loyalisten des Imperiums.

Erleichtert lässt auch Admiral Orrik sich auf seinen Kommandosessel fallen, den er vor dem Brückenfenster der *Vendetta* ausgefahren hat.

Auf der Brücke herrscht eine ausgelassene Stimmung. Jeder gratuliert jedem zum Sieg. Nach wenigen Minuten erhebt sich der Admiral, um wieder Ordnung auf seine Brücke zu bringen.

Er hebt die Arme, um seiner Besatzung zu deuten, den Lautstärkepegel auf der Brücke wieder herunterzufahren.

„Ich weiß, dass dieser Sieg ein Grund zur Freude ist. Aber wir müssen jetzt unsere Jäger einsammeln und hier verschwinden, bevor die mit Verstärkung zurückkommen. Captain Gaines."

„Ja, Sir?"

„Geben Sie die Befehle zum Abzug und leiten Sie persönlich die Aufnahme des Fluchtschiffes des Imperators. Schicken Sie das Med-Team wieder in den Hangar. Sie sollen den Imperator so schnell wie möglich auf die Krankenstation bringen. Und dann nichts wie weg hier."

Auf der Brücke bricht wieder ein Jubel aus, als wäre Lord Cyclon schon besiegt. Mitten in diesem Trubel versucht Captain Gaines, seine Befehle auszuführen.

General Torwin ist jetzt mit der *Elfenklinge* bis auf wenige Klicks an die *Vendetta* herangekommen. Aus dem Kom hört er die Stimme des Kom-Offiziers des imperialen Flaggschiffes.

„General Torwin. Nehmen Sie Kurs auf den Behemoth *Vendetta* und landen Sie in dem Hangar, der ihnen vor dem Angriff schon zugewiesen war. Dort werden Sie von einem Med-Team erwartet, das den Imperator in Empfang nehmen wird. Einer unserer Offiziere wird die anderen in die Ihnen zugewiesenen Quartiere begleiten. Admiral Orrik befahl mir noch, sie um die Hyperraumkoordinaten des Rendezvouspunktes mit der Republikanischen Flotte zu bitten, damit wir sofort nach Ihrer Landung hier verschwinden können."

Natürlich, Jung. Die Koordinaten sind acht-fünf-zwei zu neun-neun-null zu zwei-sieben-vier."

„Danke, Sir. Ich werde es an den Admiral weitergeben. *Vendetta*, Ende."

Der Offizier unterbricht die Verbindung und die *Elfenklinge* fliegt in den großen Hangar des kapitalen Schiffes. Kurz darauf schießt auch die imperiale Flotte in den Hyperraum.

Auf Guurdine bereiten sich die Truppen, die Admiral Brighton dort zurückgelassen hat, darauf vor, auf die Koros-Burg zuzumarschieren und die Kopfgeldjäger und anderen Kriminellen auszuschalten, damit diese dem Imperator nicht mehr zur Verfügung stehen können.

Denn der Imperator würde sicher einen Weg finden, mit ihnen zu verhandeln, auch wenn es für den Moment vereitelt wurde.

Der General, der das Kommando über die Truppen hat, wurde noch vor dem plötzlichen Rückzug der Flotte von Admiral Brighton instruiert.

Die Unterkünfte, die bei der Schlacht auf dem Planeten verschont blieben, werden verladen.

Dann setzt sich die Kolonne, die aus Gleitern, Truppentransportern und Mammutgolems besteht, in Bewegung. In weniger als zwei Tagen werden die abtrünnigen imperialen Truppen die Burg des neuen

Syndikates erreichen, und den neuen Anführer mitsamt seiner Burg zu Asche verbrennen.

Der Zeitpunkt ist äußerst günstig, da sich alle bedeutenden Kopfgeldjäger der Galaxis dort versammelt haben.

Das wird dann der nächste Sieg, den der General für seinen Lord erringen wird.

Kapitel 19

*M*itten im All schweben zwei riesige Raumflotten friedlich nebeneinander.

So etwas hat es in der ganzen Geschichte des Bürgerkrieges nicht gegeben. Imperiale Zerstörer und Republikanische Kreuzer schweben im freien All friedlich nebeneinander ohne dass auch nur ein Schuss fällt.

Die gesamte Flotte der Republik wurde von General Torwin zum Treffpunkt gerufen, während des Fluges von Guurdine. Auch die Teile der loyalen imperialen Flotte, die nicht in die Kämpfe bei Guurdine verwickelt waren, haben sich hier eingefunden. Also ist alles, was fliegen und gegen Lord Cyclon kämpfen kann, hier versammelt.

Aus allen Großkampfschiffen fliegen Fähren mit hohen Offizieren mit Kurs auf die *Nymphe*, dem Flaggschiff der Präsidentin San Marenda.

In der Fähre, die die *Vendetta* verlässt, sitzen Admiral Orrik, die Crew der *Elfenklinge*, die es vorgezogen hat, bis zu einer gründlichen Überprüfung die Finger von ihrem eigenen Schiff zu lassen, und der Imperator, den die Ärzte soweit zusammengeflickt haben, dass er gehen und an den Verhandlungen teilnehmen kann. Begleitet werden die Fähren von hunderten von Spurjägern, damit jeder weiterer Anschlag auf das Leben des Imperators im Keim erstickt wird.

Die Fähre mit dem Herrscher schwebt als erste in das große Raumdock des Republikkreuzers. Dort stehen hunderte Soldaten der Republik bereit, um den Imperator, den Sohn ihrer Präsidentin, gebührend zu empfangen.

Als die Fähre gelandet ist, marschieren einige hohe Offiziere der Republik auf die Fähre zu. An ihrer Spitze schreitet San Marenda, ihre Präsidentin. Wenige Meter vor der Fähre bleibt sie stehen. Die Offiziere halten in gebührendem Abstand hinter ihr.

Zischend senkt sich die Rampe der imperialen Fähre. Eine Phalanx der Dunklen Engel, der Leibwache des Imperators, schreitet die Rampe hinunter, stellt sich zu beiden Seiten auf und präsentiert ihre flammenden Schwerter.

Durch den Rauch der dampfenden Hydraulik schreitet der Imperator die Rampe hinunter. Er trägt eine frische Uniform der gleichen Art wie auch bei seiner Rettung. Die letzte hatte auf Guurdine ja sehr gelitten.

Hinter dem Imperator kommen Admiral Orrik, General Torwin, seine Frau Kaya und Commander Leon die Rampe herunter. An ihrem Ende bleibt Pargon Hayden, der junge Imperator, stehen, und blickt die Präsidentin der Republik an.

Im gesamten Hangar ist es trotz der Masse der angetretenen Soldaten totenstill, als Mutter und Sohn, die sich nach so vielen Jahren wieder sehen, einander in die Augen schauen.

Pargon dachte ja bisher immer, dass die alte Kaiserin seine Mutter wäre. Nach einigen Minuten ergreift San Marenda das Wort:

„Willkommen, Pargon. Ich freue mich unendlich, Dich zu sehen. Ich dachte, ich würde Dich nie wieder sehen. General Reeson hat Dich doch informiert, wie das alles damals gekommen ist, oder?"

Sie schaut Pargon fragend an.

Er antwortet lächelnd.

„Ja Mutter. Ich muss mich erst daran gewöhnen, dass Sie, äh, dass Du meine Mutter bist. Es tut mir Leid, dass General Reeson gestorben ist, als er mir helfen und Dir Deinen Sohn zurückbringen wollte. Aber wenigstens war sein Tod nicht umsonst. Ich bin am Leben und hier bei Dir. Ich freue mich, Dich kennen zu lernen."

Beide sehen sich noch einmal an, fangen an zu lachen und umarmen sich.

Alle Soldaten der Allianz, die angetreten sind und die Offiziere der Allianz, beginnen zu klatschen, Als sich Mutter und Sohn nach so langer Zeit endlich in den Armen liegen, ein Symbol der neuen Verbindung zwischen Allianz und Imperium.

Nach wenigen Sekunden stimmen auch die Offiziere des Imperiums in den Beifall ein. In diesem Augenblick landen auch die anderen Fähren des Imperiums im Dock des Kreuzers.

Pargon blickt sich um und lächelt. Als seine Offiziere aus den Fähren steigen, wissen sie nicht, wie sie reagieren sollen. Soldaten und Offiziere der Allianz schütteln ihnen die Hände.

Auch Admiral Orrik und sein Stab schütteln den hohen Allianzoffizieren die Hände und stellen sich vor. San Marenda begrüßt Torwin, Leon, Kaya, Gonron und die Truppen der Prinzessin.

„Meine lieben Freunde, ich bin so froh, dass Ihr zurück seid. Und Ihr habt mir ein so schönes Geschenk mitgebracht. Ich werde Euch niemals danken können für das, was Ihr für mich getan habt."

Torwin ergreift als Erster das Wort.

„Das war doch nichts, Madam Präsident. Das war ein Kinderspiel für uns. Mit so ein paar Sturmtruppen werden wir doch spielend fertig."

Die Präsidentin lächelt über Torwins Übertreibung. So etwas ist sie von ihm ja gewohnt. Sie wendet sich an die anwesenden Offiziere.

„Ich möchte Sie jetzt alle bitten, uns in den großen Konferenzsaal zu folgen. Es gibt einige wichtige Dinge zu besprechen. Und diese Dinge dulden keinen Aufschub."

Dann schreitet San Marenda mit dem Imperator an ihrer Seite durch die Menge der jubelnden Soldaten.

Hinter ihnen sind Admiral Orrik und seine Stabsoffiziere, die sich mit den Offizieren der Allianz unterhalten, sowie die Crew der Elfenklinge. Und hinter denen kommen alle anderen Offiziere beider Seiten.

Nahezu zur gleichen Zeit schweben über Carendollon die Reste von Admiral Brightons Flottengeschwader.

Vom Planeten nähern sich einige Geschwader von Jägern, die eine imperiale Fähre in ihre Mitte genommen haben.

Kurz vor der Rächer löst sich die Fähre aus dem Verband ihrer Eskorte und steuert auf den Haupthangar des Schlachtschiffes zu. Majestätisch schwebt die Fähre auf das Deck herab.

Im Hangar sind mehrere hundert Sturmtruppen angetreten, die Ankunft ihres Herrschers abzuwarten. In der Tat sieht dieser Aufmarsch der Truppen so aus, als ob der Imperator zu seinem eigenen Flaggschiff kommen würde.

Vor dem Landeplatz der Fähre stehen Admiral Brighton und sein gesamter Stab. Die meisten Offiziere sind zwischen vierzig und fünfzig Jahren alt, also das krasse Gegenteil der meisten Offiziere des ebenfalls jungen Imperators Hayden. Und viele von Lord Cyclons Offizieren, haben ihren neuen abtrünnigen Herrscher noch nie zu Gesicht bekommen.

Dann öffnet sich auch schon die Rampe der Fähre und man hört Schritte von schweren Stiefeln.

Als Lord Cyclon am unteren Rand der Rampe stehen bleibt, heben die Offiziere, die niedergekniet sind, ihre Köpfe. Und die meisten von ihnen bekommen auch gleich einen Schock.

Die große Gestalt, die vor ihnen steht und der neue Imperator ihres dunklen Imperiums ist, trägt die gleiche furcherregende Rüstung, wie die Todesmagier aus den alten Legenden. Allerdings nicht, um seinen untoten Körper am Leben zu erhalten, da er ja noch lebt, sondern als gepanzerter Schutz und zur Abschreckung derer, die die alten Legenden noch kennen.

Die silberne Totenkopfmaske der ansonsten schwarzen Rüstung erfüllt diesen Zweck angesichts der Reaktion der Offiziere offensichtlich hervorragend. Hinter Lord Cyclon stehen fünf Männer, jeder ungefähr fünfundzwanzig Jahre alt, in schwarze Tuniken ohne Rangabzeichen gekleidet, sowie ein Offizier mit den Rangabzeichen eines planetaren Gouverneurs.

Es ist Gouverneur Borden, die rechte Hand Lord Cyclons, des neuen Imperators des neuen abgespaltenen dunklen Imperiums.

Als die Offiziere, die Lord Cyclon zuvor noch nicht persönlich begegnet sind, sich soweit wie überhaupt möglich erholt haben, erhebt der Lord seine Stimme und richtet das Wort an Admiral Brighton.

„Ich bin enttäuscht von Ihnen, Admiral. Erst lassen Sie den Imperator Hayden entkommen, dann wird Ihnen auch noch Ihr gesamtes Jägerpotential vor der Nase weggeschossen. Ich werde Ihnen Ihr Versagen nur dieses eine Mal durchgehen lassen, weil Sie neu auf Ihrem Posten sind. Das nächste Mal überleben Sie nicht.“

Seine Stimme war zum Ende fast nur ein Flüstern, aber dieses Flüstern ging dem Admiral durch Mark und Bein. Aber da fährt Lord Cyclon auch schon fort.

„Nun, Admiral. Gleich kommen neue Jäger vom planetaren Stützpunkt zur Flotte. Sie und ich werden dann sämtliche Flottenteile an den für uns gesicherten Planeten abfliegen, und uns ansehen, wie viele Schiffe Hayden sich angeeignet hat.“

Cyclon blickt kurz nach hinten und nickt.

„Ach übrigens, Admiral, die fünf Männer hinter mir sind meine Schüler … meine einzigen.“

Lord Cyclon bricht in schallendes Gelächter aus, was durch die Maske extrem erschreckend klingt.

„Die verdammten Republikaner und Hayden denken, dass ich mehrere hundert Schüler hätte. Aber nun gut, geben Sie den Befehl zum Abflug."

Er dreht sich zum Gouverneur um.

„Sie, Borden, nehmen einen meiner Schüler mit und fliegen nach Kapinmag. Die Einheimischen dort machen Schwierigkeiten und wir haben dort sehr wichtige Einrichtungen. Wir können uns keine Störung leisten."

Der Gouverneur neigt seinen Kopf bejahend.

Lord Cyclon geht, gefolgt von seinen restlichen vier Schülern, zur Brücke, währen Borden mit der Fähre wieder abfliegt.

Wenig später fliegt die Flotte nach Ratak, ihrer ersten Station, und ein einzelner Zerstörer mit dem Gouverneur an Bord nach Kapinmag.

Auf Guurdine sind die Truppen des dunklen Imperiums weiter in die Wüste eingedrungen.

In der Mittagssonne wird sogar den Offizieren in den Gleitern mit Klimaanlage ziemlich warm.

Vor wenigen Stunden haben sie Spuren einer großen Kolonne von Sandorks gefunden. Die Orks marschieren den gleichen Weg, den die Truppen Lord Cyclons nehmen müssen.

General Lend hofft, dass seine Truppen den Orks aus dem Weg gehen können. Die imperialen Truppen wären zwar in der Überzahl, aber er hätte durch die aggressiven Orks hohe Verluste zu erwarten. Und er braucht jeden Mann für den Angriff auf den Palast der Kopfgeldjäger.

Bald hat Imperator Hayden einige tausend potentielle Verbündete weniger, wenn General Lend für das dunkle Imperium mit den Kopfgeldjägern fertig ist.

Auf der *Nymphe* ist der große Konferenzsaal gefüllt mit Offizieren der Republik und des Imperiums.

Vor der Projektionsfläche stehen San Marenda und Pargon Hayden und diskutieren.

Nach einigen Minuten spricht San Marenda mit Admiral Gorn, dem Oberkommandierenden ihrer Flotte und anderen Offizieren der Allianz. Pargon bespricht sich mit Admiral Orrik.

Nach kurzer Zeit hebt San Marenda, die Präsidentin der Republik, die Arme, damit Ruhe im Konferenzsaal einkehrt. Die anwesenden Offiziere begeben sich zu ihren Plätzen und setzen sich. San Marenda ergreift das Wort, als es wieder ruhig ist.

„Der Imperator und ich haben lange über die Zusammenarbeit von Republik und Imperium diskutiert. Wir haben uns jetzt entschieden. Die Truppen der Republik und des Imperiums werden vorübergehend zu einer großen Streitmacht zusammengefasst. Bis die aktuelle Krise gelöst ist, gilt absolute Kooperation. Wir bilden mit unseren Truppen eine temporäre Allianz, was später aus dieser Allianz wird, werden wir bei Zeiten entscheiden. Pargon und ich haben uns abgesprochen über die Organisationsstruktur und Hierarchie innerhalb dieser Allianz. Ich werde die zivile Kontrolle über unsere gemeinsame Infrastruktur übernehmen. Pargon wird Oberbefehlshaber über die kombinierten Streitkräfte. Admiral Gorn und Admiral Orrik werden beide jeweils eine Flottengruppe kommandieren, das der Hälfte unserer Gesamtstreitkräfte entspricht. Die Flotte wird in diese beiden Sektionen geteilt. Diese werden wiederum in Geschwader aufgeteilt. Alle Flottillen und Geschwader werden gemischte Verbände aus republikanischen Kreuzern und imperialen Zerstörern. Die Captains behalten das Kommando über Ihre Schiffe, Colonels übernehmen die Kontrolle über die Geschwader. Die Generale werden für neue Aufgaben benötigt und alle anderen Offiziere werden bald über ihre neuen Positionen informiert.

Nur noch einige lebenswichtige Informationen über die Aktivitäten des neuen dunklen Imperators. Schon ein Jahr vor der versuchten kompletten Machtübernahme begann der Lord bereits mit dem Bau von riesigen Fabriken und Baustellen im All. Unser Problem ist, dass wir trotz der großen Opfer unserer Agenten nicht herausbekommen konnten, wozu all diese Neubauten dienen. Selbst als wir damals den Sturz des alten Imperators vorbereitet haben, hatten wir weniger Schwierigkeiten und Verluste. Wir haben zwar versucht, Spione in die Fabriken zu schmuggeln, aber niemand hat bis jetzt überlebt. Es gibt anscheinend nur einen Weg, um an spezielle Informationen zu kommen. Unsere Agenten konnten uns wenigstens melden, dass Gouverneur Borden, die rechte Hand Lord Cyclons, morgen Mittag auf Kapinmag landen wird. Wir müssen einen Stosstrupp dorthin einschleusen. Dieser Trupp soll dann versuchen, den Gouverneur zu entführen, und aus ihm die Informationen herauszuholen, die wir benötigen. Auf Kapinmag gibt es nur eine kleine Garnison, also dürfte es auf militärischem Gebiet keine großen Probleme geben. Nun brauche ich ein Team aus fünf Spezialisten, die ADMIRAL Hayden, das ist neben seinem Amtstitel als Imperator ja nun auch sein Rang für die Dauer der Allianz, begleiten. Auf Kapinmag wird sich wahrscheinlich auch einer von Lord Cyclons Schülern befinden. Wie wir ja mittlerweile wissen, war das ein absichtliches gestreutes Gerücht mit den hundert Schülern, es sind in Wahrheit nur fünf. Aber er hat sie lange und intensiv genug unterrichtet, dass sie eine ernstzunehmende Gefahr für uns darstellen. Wer meldet sich also freiwillig für diesen Einsatz?"

In diesem Augenblick schießen auch schon fünf Hände in die Höhe.

Wie auf Kommando haben sich Leon Skywalker, Torwin, Gonron, Commander Raoul Menrette und Prinzessin Kaya Miran gemeldet, um Pargon bei seiner Mission zu helfen.

San Marenda lächelt. Pargon hätte keine besseren Begleiter finden können. Sie wendet sich an sie.

„General Bates wird Ihnen Ihre gefälschten Papiere und die Pläne der Hauptstadt des Planeten sowie die Pläne der Garnison mit den Angaben zur Truppenstärke kurz vor Ihrem Abflug aushändigen."

Dann wendet sie sich an die gesamte Versammlung.

„Ich vergaß noch etwas zur politischen Situation. Da unsere Allianz nur temporär ist, werden die

Mannschaften der Schiffe nicht gemischt sein. Nun möchte mein Sohn noch einige Worte an Sie richten."

Sie tritt ein paar Schritte zurück und überlässt Pargon den Platz.

„Meine Freunde, es tut mir Leid, Ihnen noch etwas Unerfreuliches mitteilen zu müssen. Da Lord Cyclon schon so große Erfolge bei der Übernahme eines Großteils des Imperiums gemacht hat, können wir nicht wie zur Zeit der Rebellion als Guerillatruppen mit kleinen Schlägen arbeiten, wir müssen als Armee kämpfen. Wir müssen viele Großangelegte Aktionen ausführen, um die Arbeit des dunklen Imperiums zu verlangsamen."

Pargon muss grinsen.

„Bei den Göttern, ich hätte nie gedacht, dass ich so etwas je sagen würde."

Die versammelten Offiziere brechen in Gelächter aus. Als es wieder ruhiger wird, fährt Pargon fort.

„Sie alle werden mit Ihren Geschwadern und Schiffen, ebenso mit Ihren Bodentruppen, überall in der Galaxis die Pläne des Imperators mit Angriffen stoppen oder verlangsamen müssen. Wenn mein Stosstrupp erfolgreich von Kapinmag zurückkehren sollte, werden wir Ihnen alle wichtigen Informationen zukommen lassen. Wir werden uns bald noch einmal alle bei Elbatroi versammeln. Ich wünsche Ihnen allen viel Glück. Und, äh, Captain Ryan, sorgen Sie dafür, dass die Elfenklinge überholt und neu getarnt wird. Ändern Sie auch das Gewicht um die Charakteristiken stärker zu verändern. Das sollte auch die Flugeigenschaften ändern. Das war alles. Kehren Sie zu Ihren Stationen zurück. Ihre

Befehle erhalten Sie in Kürze von der Einsatzleitung. Wegtreten."

Die Menge löst sich langsam auf.

Einige Offiziere diskutieren noch über das, was sie soeben gehört haben, die meisten aber begeben sich zu ihren Schiffen.

Die Einsatzgruppe, die nach Kapinmag fliegen wird, versammelt sich um San Marenda und Admiral Hayden. Pargon erklärt noch einige Einzelheiten.

„Also, ich werde als Diplomat von Capron auftreten. Sie werden meine Assistentin sein, Kaya. Die anderen sind unsere Bodyguards. Wir nehmen auch zur Verbesserung der Tarnung die Droiden mit. Denn die capronischen Diplomaten sind ganz vernarrt in Droiden."

Er wird von Torwin unterbrochen.

„Ha! Dann kann unsere Quasselstrippe sich ja mal wieder ganz groß aufspielen. Hoffentlich geht er mir aus dem Weg."

Die kleine Gruppe fällt in Torwins Gelächter ein. Dann fährt Pargon auch schon fort.

„Das wäre auch schon alles zur Organisation gewesen. Alle außer der Prinzessin besorgen sich schwere Waffen. Ach, und Leon, tarnen Sie Ihren Magierstab gut. Sonst fallen wir sofort auf. Ich kann ohnehin nur hoffen, dass uns Cyclons Schüler nicht sofort bei unserer Ankunft spürt. Unser beider Präsenz ist leider außergewöhnlich stark. Aber genug geredet. Wir fliegen in zwölf Stunden. Bis dahin wird die Elfenklinge hoffentlich gründlich überholt sein. Ruhen Sie sich aus. Nur Sie, Leon, möchte ich in zwei Stunden noch einmal kurz sprechen. Bis dahin, auf Wiedersehen."

Die kleine Gruppe verabschiedet sich, und jeder begibt sich in sein Quartier.

Außer Torwin, der sich unbedingt selbst um die Elfenklinge kümmern will.

Pargon Hayden, der teilweise entmachtete Imperator, und seine Mutter, Präsidentin San Marenda, schreiten langsam durch die Gänge des Schiffes und unterhalten sich über die Vergangenheit. Pargon entschuldigt sich bei seiner Mutter für den letzten Grossangriff der imperialen Truppen auf Haradon, als sie die Republik von dem Planeten vertrieben haben.

Es tut mir Leid, Mutter. Aber ich musste damals noch den harten Imperator spielen, der die Republik über alle Massen hasst. Meine neuen Truppen und Offiziere sowie die Pläne zur Vereitelung der Machtübernahme durch die Traditionalisten, die der grausamen Herrschaft des alten Imperators nachtrauern, waren noch längst nicht bereit. Hätte ich mich geweigert, hätte Cyclon heute das ganze Imperium in seiner Hand. Und das wäre unser aller Ende.

Seine Mutter hebt beschwichtigend die Hand.

„Pargon, lass die Vergangenheit ruhen. Der Angriff kam zwar unerwartet, aber wir hatten trotzdem keine schweren Verluste. Lass uns lieber an die Zukunft denken, mein Sohn. Wir haben noch viel vor uns."

Schweigend setzen die beiden ihren Weg durch den großen Kreuzer fort.

Vor einem Panoramafenster bleiben sie stehen und blicken ins All. Sie betrachten die Kreuzer und Zerstörer der soeben geborenen Allianz, die im All

126

schweben. Mehr und mehr von ihnen fliegen den Sternen entgegen, um ihr vorgeschriebenen Positionen einzunehmen und dem neuen Imperium großen Schaden zuzufügen.

Cyclon, der gerade bekannt gegeben hat, dass sein neues Imperium Nekron-Imperium heißt und sich selbst den Titel *Blutkaiser* gegeben hat, schwebt mit seinem neuen Flaggschiff, dem Behemoth *Armageddon*, über Kwor, dem neuen Zentralplaneten seines Reiches.

Kwor war schon zur Zeit des alten grausamen Imperators das Herz des Reiches gewesen. Nach all den Jahren der Herrschaft Pargon Haydens wird Kwor nach Cyclons Ansicht unter ihm endlich wieder in altem Glanz erstrahlen.

Eine Fähre löst sich aus dem Rumpf des Schlachtschiffes, eskortiert von mehreren hundert Jägern.

Die Fähre nimmt Kurs auf Timor, die Hauptstadt von Kwor, und auf den Palast des alten Imperators zu, den Cyclon wieder aufbauen ließ, da Kwor seit dem Sturz des alten Imperators vom Imperium gemieden wurde, und Cyclons Leute so heimlich und ungestört arbeiten konnten.

Die Fähre landet direkt im Vorhof des Palastes, in dem Tausende von Soldaten angetreten sind und hunderttausende von Einheimischen Ihrem neuen Herrscher zujubeln.

Den Weg von der Fähre zum Palast säumen Wächter der neuen kaiserlichen Garde. Sie tragen schwarze Uniformen mit Umhängen und schwarzen Helmen und halten ein schweres Lasergewehr in den Händen.

Der Kaiser schreitet, gefolgt von seinen vier Schülern und einigen hohen Offizieren begleitet, in den Palast.

General Jasper ist überrascht, dass das Volk von Kwor dem neuen Kaiser derart zujubelt. Er hätte nicht erwartet, dass die Bewohner, die so lange von den alten Wegen getrennt waren, dermaßen die dunkle Zeit des Schwarzen Drachen zurückwünschen und in Cyclon die Hoffnung für die Rückkehr des guten Zeitalters sehen. Gut zumindest für sie.

Die Bewohner Kwors hatten in der alten Zeit extrem gut gelebt, während Teile der Galaxis schrecklich leiden mussten. Aber Jasper fühlte sowieso ähnlich.

Wenig später sind sie auch schon im großen Audienzsaal des Palastes und Cyclon setzt sich auf den alten Obsidianthron des verstorbenen Imperators Hayden, seines Vaters. Er hat der Republik schon vor Jahren Rache geschworen.

Deshalb war er ursprünglich auch damit einverstanden, diesen dummen jungen Pargon auf den Thron zu setzen, weil nur dieser das Imperium zumindest wieder zu einem großen Teil seiner Macht bringen konnte, denn Pargon hatte in all den Jahren mehr vom Imperator gelernt als Cyclon, der auf Wunsch seines Vaters neue Wege studieren sollte und weitab vom Imperium nach Antworten suchen musste.

Doch jetzt war das Imperium stark genug, dass er sich leisten konnte, seinen seit Jahren geplanten und von vielen Offizieren und Würdenträgern unterstützten Putsch durchzuführen.

Und seine Studien haben ihm auch eine so große Macht gegeben, dass er es mit jedem anderen Magier aufnehmen kann. Endlich kann er seinen seit langem ersehnten Platz einnehmen.

Als er aus seinen Gedanken wieder in die Wirklichkeit zurückgekehrt ist, wendet er sich an Admiral Brighton.

„Admiral, wie steht es mit unseren Truppen auf Guurdine?"

Admiral Brighton, der jetzt einer der mächtigsten Befehlshaber der Galaxis ist, antwortet zufrieden.

„In fünf Stunden werden unsere Truppen den Angriff auf den Palast der Kopfgeldjäger beginnen. Der Kampf dürfte nicht lange dauern, General Lend hat schweres Gerät mitgenommen."

Er blickt seinen Kaiser fragend an und erwartet, dass sein Herrscher ihn nun in die weitere Vorgehensweise seiner eigentlich ihm unterstellten Truppen einweist.

Der Blutkaiser, der die Gedanken seines Admirals lesen kann, lächelt hinter seiner Totenkopfmaske. Er lässt Admiral Brighton noch etwas zappeln, bevor er fortfährt.

„Wir werden vorerst die Angriffe gegen die verbliebenen Stellungen von Imperator Hayden stoppen. Uns fehlen zwar noch drei wichtige Planeten, die weiter unter seiner Kontrolle sind, aber der Schutz unserer Produktion geht vor. Sie werden Ihre Truppen so verteilen, dass all unsere Planeten mit Garnisonen ausgestattet sind, die ausreichen, um die Bevölkerung wenn nötig in Schach zu halten und mögliche Guerillaangriffe abzuwehren. Außerdem werden Sie alle Produktionsanlagen und Baustellen im All und auf den Planeten so absichern, dass unsere Sicherheits-Abteilungen sogar Grossangriffe abwehren können. Die Flotte verteilt sich auf alle Schlüsselpositionen des Reiches. Mein persönliches Geschwader mit der Armageddon bleibt hier. Und jetztlassen Sie mich mit meinen Schülern allein. Kommen Sie zurück, wenn Ihre Truppen den Angriff auf Guurdine abgeschlossen haben."

Admiral Brighton und seine Offiziere verbeugen sich vordem Kaiser und verlassen den Thronsaal.

Blutkaiser Cyclon winkt seine Schüler zu sich, um mit ihrem Training fortzufahren.

Auf der *Nymphe*, die jetzt nur noch von einigen wenigen Kreuzern umgeben ist, sitzt Pargon Hayden, Imperator eines nun geschrumpften Reiches und jetzt Admiral der von ihm mit geschmiedeten Allianz, in seiner Privatkabine, die San Marenda, seine Mutter, ihm hat zuweisen lassen.

Er betrachtet sich holographische Bilder seiner ersten vier Lebensjahre.

Die Bilder hat seine Mutter ihm vor wenigen Minuten gebracht.

Zum ersten Mal sieht Pargon jetzt auch seinen echten Vater. Dieser war General in der Rebellengruppe, die heute die Republik darstellt. Während Pargon die Bilder betrachtet, betätigt jemand von außen den Türsummer, um eingelassen zu werden.

Der Admiral drückt auf einen Knopf der Fernsteuerung, die neben ihm liegt und alle Geräte der Kabine bedienen kann. Als die Tür sich öffnet, sieht er Commander Leon Skywalker im Türrahmen stehen.

Pargon schaltet den Holoprojektor aus und steht auf. Er geht mit ausgestreckter Hand auf seinen Besuch zu.

„Hallo Leon, danke, dass Sie gekommen sind."

Leon ergreift die ihm angebotene Hand.

„Ich hatte sowieso nichts Besseres zu tun. Also, was gibt es?"

Pargon deutet auf einen Sessel.

„Setzen Sie sich doch."

Als die beiden sitzen, fährt er fort.

Ich muss mit Ihnen über Lord Cyclon sprechen. Sie sollten noch einige Neuigkeiten erfahren, bevor wir möglicherweise auf ihn selbst treffen.

Cyclon nennt sich mittlerweile Blutkaiser und hat den von ihm eroberten Teil des Imperiums Nekron-Imperium getauft. Außerdem trägt er eine Rüstung, die erschreckend der von Sarus Dokal ähnelt, falls Sie die Legende des alten Reiches der Todesmagier noch kennen. Dokal trug eine schwarze Rüstung mit Totenkopfmaske. Und diese zu Recht. Er war ein Meister der Nekromantie. Grosse Teile seiner Armeen bestanden aus untoten Kreaturen. Zum Ende seiner Herrschaft hat er auch alle Untertanen in Untote zu verwandeln versucht. An diesem Punkt wurde er von den vereinten Kräften der anderen Orden, egal ob Drachen, Druiden, Feuermagier oder

Elfen, in einer großen Endschlacht besiegt. Alle Zeichen der Nekromantie wurden danach zerstört, bis heute. Alle Orden hatten schreckliche Verluste, daher gibt es heute in allen Orden nicht einmal annähernd so viele Magier wie zu dieser Zeit. Wenn Cyclon nicht nur die Rüstung aus der alten Zeit wieder als Symbol geholt, sondern sich auch noch irgendwelche Fähigkeiten Dokals auf welchem weg auch immer angeeignet hat, sind wir in großen Schwierigkeiten."

Leon hebt beschwichtigend die Hand.

„Es bleibt nur zu hoffen, dass dies nicht der Fall ist. Ich gehe erst einmal nicht davon aus, die Geheimnisse dieses unglaublich brutalen Ordens sollen sehr gründlich vernichtet worden sein. Sollte es aber doch war sein, müssen wir mit dem schlimmsten rechnen. Denn dann hat er möglicherweise auch die Pläne für den Untoten Verwandler in seine Finger bekommen. Und er würde die Bevölkerungen der Planeten, die ihm Widerstand leisten, in Untote verwandeln, als diese Planeten durch seine Finger gleiten zu lassen. Aber wie immer es auch ist, heute arbeiten wir wieder gemeinsam, wir werden es schaffen."

Pargon nickt zustimmend.

„Und ich bin froh, Sie an meiner Seite zu wissen, wenn es zum schlimmsten kommen sollte. Mein Stiefvater hat in Ihnen immer eine Bedrohung gesehen, und seit seiner Zeit sind Sie bestimmt viel mächtiger geworden. Und meiner Macht des Drachenordens und Ihrer Macht der Druiden wird auch ein neuer Nekromant nichts entgegenzusetzen haben."

Leon erhebt sich von seinem Sessel.

„Es tut mir Leid, aber ich muss jetzt auch leider schon gehen. Es müssen noch ein paar Vorbereitungen für unsere Mission getroffen werden. Ich bin aber sehr froh, an Ihrer Seite zu kämpfen."

Auch Pargon erhebt sich und gibt Leon die Hand.

„Das bin ich auch."

Leon nickt noch einmal und verlässt die Kabine.

Pargon widmet sich wieder seinen Hologrammen, während der Commander durch das Schiff in Richtung Hangar geht. Dort arbeitet Torwin immer noch an der Elfenklinge. Leon geht zu ihm.

„Hi Torwin, wie läuft es mit der *Klinge*?"

Torwin schaut Leon ganz niedergeschlagen an. Dann sieht dieser aber ein glitzern in den Augen des alten Freundes. Plötzlich beginnt Torwin auch zu grinsen.

„Mit diesem verdammten Schrotthaufen sind wir schon fertig geworden. Jetzt müssen die Techniker nur noch die neue Außenverkleidung anbringen. Wir können in sechs Stunden pünktlich abfliegen."

Er wird etwas nachdenklicher.

„Aber mal was anderes. Wie groß, meinst Du, sind unsere Chancen, diese Mission zu überleben?"

Leon ist ebenso besorgt.

„Etwas schlechter als sonst, schätze ich."

Torwin blickt seinen Freund mit großen Augen an.

„So schlecht? Da kann ich mich ja besser gleich selbst erschießen."

Die beiden Gefährten schauen sich gegenseitig in die Augen, und beginnen dann zu lachen. Einige Techniker drehen sich zu ihnen um, arbeiten aber dann sofort weiter. Torwin packt seine Werkzeuge ein und legt sie ins Schiff. Dann marschieren er und Leon zur Waffenkammer, um sich für ihre Reise zu rüsten.

Auf Guurdine haben die Nekron-Streitkräfte mittlerweile den Palast der Kopfgeldjäger erreicht.

Drachengolems mit aufgesetzten Kanonen sind rundum den Palast in Angriffsstellung gegangen. Aus den Truppentransportern stürmen hunderte von Mitgliedern der Nekron-Sturmtruppen, die sich hinter den Dünen auf die Lauer legen und abwarten, bis General Lend die Lage sondiert hat.

General Lend, der Oberbefehlshaber der Kampfgruppe, fährt mit seinem Gleiter bis zur letzten Düne vor dem Palasttor.

Dort steigt er aus und zückt ein Elektrofernglas. Damit beobachtet er das Palasttor und sucht nach Schwachstellen in der Konstruktion.

Vor dem Palast gibt es keine Wachen, aber im Tor gibt es eine Robotsicherung. Doch diese sollte leicht zu umgehen sein. Schließlich durchlaufen die Strategen des Imperiums eine jahrelange Ausbildung. General Lend und sein Stellvertreter Colonel Nolen schätzen die Erfolgschancen eines Angriffs ab.

Der General bittet den Colonel um eine Stellungnahme.

„Was halten Sie von der Sache? Wie groß sind unsere Chancen?"

Colonel Nolen kräuselt die Stirn, während er die Lage abwägt. Nach einer halben Minute kommt er zu einer Entscheidung.

„Nun, Sir. Es gibt nur einen Eingang und wahrscheinlich auch keine wirklichen Fluchtwege für die Kopfgeldjäger. Es gibt auf der Rückseite einen Hangar, den man nur per Schiff oder Gleiter verlassen kann. Wir sollten daher den Hauptangriff auf das Haupttor erst starten, wenn wir den Hangar und die darin befindlichen Fahrzeuge hochgejagt haben. Wenn das gelingt, bevor auch nur ein Schiff starten kann, dann haben wir eine neunzigprozentige Erfolgschance mit akzeptablen Verlusten. Wir würden dem Kaiser schon nach wenigen Stunden eine Erfolgsnachricht schicken können."

General Lend nickt zustimmend.

„Mit Ihrer allgemeinen Einschätzung stimme ich überein, Colonel. Aber wir sollten den Widerstand nicht unterschätzen. Ich rechne mit höheren Verlusten. In diesem Palast ist die gesamte Kopfgeldjägerelite der Galaxis versammelt. Diese Leute sind von ihrem harten Leben und ihrem Beruf auch sehr gut ausgebildet. Außerdem gibt es in dem Palast hunderte von Gängen, was den Kampf in die Länge ziehen wird. Auch für unsere tausend Mann starke Kampfgruppe wird dieser Palast eine harte Nuss, die es zuknacken gilt. Aber natürlich werden wir dennoch angreifen. Sagen Sie den Männern, dass es in fünf Minuten losgeht. Drachengolem Fünf und Sieben sollen mit zwei Abteilungen Fußtruppen den Angriff auf den Hangar durchführen. Sie sollen sich mit ausreichend Granaten eindecken. Es muss alles sehr schnell gehen. Die Abteilungen Eins und Zwei bilden die Vorhut beim Angriff auf das Haupttor. Alle anderen stoßen nach, bis auf Abteilung Sieben, die hier Wache halten wird und die restliche Artillerie. Der Hangar-Angriffstrupp soll später auf seiner Position bleiben, auch wenn der Hangar schon vernichtet ist. Man muss auf alles vorbereitet sein. Bei diesem Kopfgeldjägerabschaum weiß man nie, welche Überraschungen die noch auf Lager haben."

Er nickt dem Colonel zu, der sich auch schon auf den Weg machen will, als dem General noch etwas einfällt.

„Noch etwas, Colonel. Keine Gefangenen. Keine dieser Kreaturen in diesem Palast darf überleben. Wenn auch nur einer von ihnen entkommt, hetzt er uns alle freien Kopfgeldjäger der Galaxis auf den Hals. Es reicht schon, wenn wir mit dieser neuen Allianz zurechtkommen müssen. Unsere Agenten haben uns gerade informiert, dass Hayden sich mit der Republik verbündet und eine Allianz gegen uns geschmiedet hat. Wenn wir jetzt noch diese Kopfgeldjäger", er deutet mit dem Daumen auf den Palast hinter sich, „am Hals hätten, dann könnten wir gleich unser Testament machen. Das Nekron-Imperium ist zwar mächtig, aber wir haben schon Hayden und Skywalker gegen uns. Und Sie wissen ja, wie viel Wert unser Kaiser auf magische Fähigkeiten legt. Wir sollten in dieser Hinsicht auch unsere Feinde nicht unterschätzen."

Colonel Nolen schaut seinen Vorgesetzten skeptisch an. Heutzutage spielen seiner Meinung nach die Magier keine große Rolle mehr. Technische Errungenschaften wiegen für ihn mittlerweile viel schwerer. Aber General Lend übersieht den Blick seines Stellvertreters.

„Gehen Sie jetzt und geben Sie die Befehle weiter. Die Hauptgruppe soll zwei Minuten nach der Hangar-Gruppe angreifen. Los!"

Auf Befehl seines Vorgesetzten geht der Colonel zum Gleiter und informiert die Abteilungen über die Pläne des Generals.

Kurze Zeit später begeben sich die Truppen auf ihre endgültigen Angriffspositionen. General Lend beobachtet das alles. Als alle Golems und Fußtruppen auf ihren Positionen sind und auch die zusätzlichen Granatwerfer für den Angriff auf den Hangar feuerbereit sind, erhält der General die Bereitschaftsmeldungen der Truppen.

Nach dem Eingang der letzten Meldungen sieht der General auf sein Chrono.

Nach dreißig Sekunden hebt er den Kommunikator und gibt den Angriffsbefehl durch. Im gleichen Moment eröffnet die Artillerie aus Drachengolems auf der anderen Seite das Feuer auf den Hangar.

Gleichzeitig sausen Granaten durch die Luft. Kaum haben die Lasersalven und Projektile der Drachengolems und die Granaten den Hangar erreicht, als dieser sich auch schon in eine lodernde Feuersbrunst verwandelt.

Kurz darauf brechen auch die anderen Truppen, von Drachengolems begleitet, hinter den Dünen hervor, um das Haupttor anzugreifen. Doch das Tor des Palastes ist solider, als es aussah. Trotz des intensiven Beschusses durch die angreifenden Truppen, hält das Tor stand und beginnt nur leicht zu glühen. Nur die Robotsicherung im Tor fällt dem Feuer zum Opfer.

General Lend, der sich mit seinem Stab auf einer Düne eingerichtet hat, wird augenblicklich wütend.

„Verdammt."

Er will sofort mit dem Führer des vordersten Angriffstrupps verbunden werden.

„Commander Baker, hier spricht General Lend. Besorgen Sie sich sofort Sprengladungen und Granaten von den Truppen, die den Hangar zerstört haben. Dann sprengen Sie das Tor auf. Knacken Sie es auf jeden Fall. Es ist mir egal, wie lange es dauert. Lend, Ende."

Der Commander antwortet sofort.

„Sind schon unterwegs, Sir. Baker, Ende."

Nachdem er seinen Kommunikator weggesteckt hat, konzentriert sich der General wieder auf das Geschehen am Palasttor.

Epilog

*I*nnerhalb des Palastes hatten die Kopfgeldjäger ausgelassen gefeiert, während sie auf weitere Nachrichten von Imperator Hayden warteten.

Sie haben schon vor Tagen von dem Putsch erfahren und warteten ab, wie sie der Allianz helfen konnten. Als jetzt plötzlich der Hangar im hinteren Teil des Palastes explodierte, bricht Panik unter den Leuten des Führers der Kopfgeldjägergilde, Goran, ein zwei Meter großer Barbar von Zyloth, aus.

Und gleichzeitig noch die Nachricht vom Angriff auf das Haupttor. Jetzt versucht Goran, seine Leute wieder zur Ruhe zu bringen.

Seine Wächter halten auch gleich erst einmal die Leute in Schach, damit die Panik nicht ausartet und sie vielleicht Dummheiten machen.

Nach wenigen Minuten, als der Lärm der Angreifer etwas nachlässt, beruhigen sich die Kopfgeldjäger auch wieder.

Selas, Gorans Stellvertreter, ein Dschinn, war ohnehin die ganze Zeit ruhig geblieben und beobachtet nun seinen Chef, der auf sein Podest tritt, um seine Leute zu beruhigen.

„Wir müssen Ruhe bewahren. Ich weiß, dass wir den Palast nicht mehr verlassen können, da der Hangar gesprengt ist. Aber ich werde über Kom eine Nachricht an Imperator Hayden schicken. Er wird bestimmt Entsatztruppen zu unserer Hilfe herbeordern. So lange müssen wir das Tor verbarrikadieren und Stellung beziehen, falls die

Feinde, von denen ich davon ausgehe, dass es Cyclons Leute sind, durchbrechen. Sollte es eine zu große Übermacht sein, werden wir die vielen Gänge des Palastes nutzen und ihnen einen Häuserkampf liefern, den die noch bereuen werden. Also los, schlagt zurück."

Fortsetzung folgt in:

**Der Drachenorden
Band 2
Der Blutkaiser
Dem zweiten Buch der Nekron-Trilogie
Vorschau**

Genießen Sie auf den folgenden Seiten einen

Vorgeschmack auf eine weitere Neuveröffentlichung

von

Kim Marc Alexander Wesseling

Der fliegende Händler –

Aus dem Schatten des Löwen

10. Februar 2974
Hotel „Goldener Löwe"
Baga, Savannah
Kananga Sektor
Serengeti Kombinat

Aus einer schwarzen Schweberlimousine vor dem Hotel, das einer Händlerfamilie aus dem Empire gehörte und deswegen und wegen seines eindeutigen Einrichtungsstils auch überwiegend Reisende aus dem Empire beherbergte, stieg ein uniformierter der SSK aus und betrachtete das Gebäude.

Das Hotel war eindeutig nicht im Stil des Kombinats, wo normalerweise recht eindeutig afrikanische Bauweisen und Verzierungen üblich waren. Stattdessen war es ein rot geklinkerter eckiger Festbau, der nicht die geringste Ähnlichkeit mit den gewohnten Rundbauten hatte, die mit wenigen Ausnahmen das sonstige Bild auf Savannah beherrschten.

Aber gerade deswegen war Oberst Winduku von diesem Gebäude so fasziniert. Er war zwar schon einige Male in dieser Gegend der Stadt gewesen, hatte aber noch nie die Gelegenheit, dieses fremde Gebilde näher zu beobachten.

Außerdem bekam er eigentlich nie die Gelegenheit, den Planeten zu verlassen. Und auch bevor er zum Adjutanten des Gouverneurs aufgestiegen war, hatte er als Angehöriger der SSK nie das Privileg eines Händlers genossen, das eigene Reich zu verlassen und sich die Eigenheiten und Sehenswürdigkeiten der politischen Nachbarn anzusehen.

Der Flug in ein anderes Reich war den Mitgliedern der SSK nicht gestattet. Die einzige Ausnahme bildeten die wenigen Auserwählten, die als Attachees in den Botschaften und manchen Konsulaten des Kombinats dienten. Bei ihnen handelte es sich aber ausschließlich um Mitglieder adliger Familien.

Und da er selbst aus einer einfachen Bauernfamilie stammte, waren seine Karriere und sein Aufstieg zum Oberst in einer halbwegs wichtigen Position schon als Wunder anzusehen, dass es in der SSK nicht allzu häufig gab.

Oberst Winduku zwang sich schließlich, sich von dem Anblick wegzureißen, um nicht von anderen Besuchern oder dem Personal als staunendes Kleinkind vor einem Süssigkeitenladen da zu stehen. Er straffte seine Gestalt, während er darüber nachdachte, wie fremdartig ihm wohl das Innere erscheinen würde, und setzte sich Richtung Eingangstür in Bewegung.

Winduku schritt auf die Eingangstüren zu und passierte sie mit präzisen militärischen Schritten, als ein Portier eine der Türhälften für ihn aufhielt. Dann bewegte er sich direkt zur Rezeption und versuchte die Innenausstattung des Foyers zu ignorieren. Es sah zwar alles recht fremd für ihn aus, aber einerseits war er enttäuscht. Normalerweise hätte der Oberst durch das Äußere des Gebäudes und die Geschichten, die er von Händlern über das Empire hörte, erwartete, im Innern von Luxus nahezu erschlagen zu werden.

Aber das war gar nicht der Fall. Es war zwar alles in einem sehr fremden Stil gehalten, der einem

Europäer oder jemandem aus dem Empire oder der Alliance als recht häuslich und normal erschienen wäre, aber all die Holztäfelungen und gepolsterten Sitzmöbel in der Halle kamen dem Oberst ziemlich dezent vor.

Aber der Oberst hatte einen Auftrag, den er auch zu erfüllen, gedachte und daher ging er direkt zur Rezeption und erkundigte sich nach seinem Gesprächspartner, als ihn die Dame an der Rezeption freundlich anlächelte.

„Ich bin Oberst Winduku. Bitte melden Sie dem Prinzen, dass ich ihn sprechen möchte. Er erwartet mich."

Die Dame hinter der Rezeption behielt ihr Lächeln zwar bei, aber in ihren Augen zeigte sich Verwirrung.

„Den Prinzen? Es tut mir leid, Herr Oberst, aber wir haben keinen Prinzen zu Gast in unserem Haus."

Jetzt war es an Winduku, verwirrt zu sein. Aber er erholte sich rasch.

„Prinz Berger muss hier residieren, das hat er selbst gesagt."

Die Empfangsdame tippte etwas in ihrem Computer ein und blickte dann wieder auf.

„Wir haben einen Kapitän Berger unter unseren Gästen, aber keinen Prinzen."

Jetzt war der Oberst wirklich etwas durcheinander. Da immer noch der Verdacht eines absichtlichen Angriffs auf das Schiff des Prinzen bestand, machte es zwar Sinn, gewisse Sicherheitsvorkehrungen zu treffen, aber so etwas fand er auf einem befreundeten Planeten und dazu noch in einem von eigenen Patrioten geführten Hotel für mehr als übertrieben.

Aber er schüttelte nur den Kopf und schob seine Gedanken beiseite. Sollte der Prinz doch machen, was er für richtig hielt.

„Dann melden Sie mich bitte bei Kapitän Berger an."

* * *

Wenige Minuten später saß der Oberst zusammen mit Kapitän Berger und seinen Offizieren im Wohnzimmer der Suite, die der Kapitän für die Dauer seines Aufenthaltes angemietet hatte. Berger hatte sich für die Suite entschieden, da sie über mehrere Schlafzimmer verfügte und er mehr Zeit mit seinen Offizieren verbringen konnte, um die Situation zu besprechen, während der Rest der Crew, sich um das Schiff und die Reparaturen kümmern konnten. Jetzt warteten alle gespannt, welche Ergebnisse der Untersuchungen ihnen der Oberst der SSK ihnen jetzt mitteilen würde.

In den letzten Tagen hatte Fuldner den Beamten des Gouverneurs die Daten des Gefechts und schließlich auch die Aussagen aller Crewmitglieder übergeben und die Leute des Obersten hatten sich sofort an die Arbeit gemacht und Informationen von allen möglichen Stellen eingeholt.

Und da jetzt der Oberst, der die Untersuchungen geleitet hatte, bei ihnen aufgetaucht war, rechneten alle mit Ergebnissen.

Berger kam auch sofort auf das Thema zu sprechen, ohne sich mit vorherigen Floskeln aufzuhalten.

„Nun, Herr Oberst, was haben ihre Untersuchungen bezüglich des Zwischenfalls ergeben?"

Winduku setzte sich in seinem Sessel gerade hin und antwortete.

„Hoheit, lassen Sie mich bitte zuerst kurz einiges zum Ablauf der Untersuchungen sagen."

Als Alex Berger nickte fuhr er fort.

„Meine Leute haben Ihre Daten analysiert und die Aussagen Ihrer Crew mit den Sensordaten verglichen. Außerdem habe ich mehrere Anfragen bezüglich von Piratenaktivitäten im Oblivion-System an mein Oberkommando gerichtet."

Der Adjutant des Gouverneurs räusperte sich kurz.

„Diese Anfragen bestätigten meine Aussagen vom Abend des Balls. Es gab und gibt keine größeren Piratenaktivitäten mehr in diesem Gebiet, seit unsere Flotte die Gegend gesäubert hat. Das gibt uns nur leider nicht die Sicherheit auszuschließen, dass ein einzelner Pirat sich nicht doch noch in dieses Gebiet wagen würde. Andererseits gab es keinen Funkkontakt ihres Schiffes mit den Angreifern, der uns ein Motiv für einen gezielten Angriff liefern würde. Und die Konfiguration des Schiffes war nicht so ungewöhnlich, um daraus auf seine Herkunft schließen zu lassen."

Jetzt blickte der Oberst etwas betreten nach unten.

„Leider muss ich Ihnen mitteilen, Hoheit, dass wir trotz aller Bemühungen zu keinem eindeutigen Ergebnis kommen konnten. Wir können immer noch keine der beiden Alternativen ausschließen."

Er machte eine kurze Pause und fuhr dann etwas sicherer fort.

„Das Einzige, was uns ansonsten noch verblüfft hat, war das Auftauchen der *Khalid* so kurz nach Ihnen, obwohl sie ebenfalls von der *Desiderios* kamen. Eigentlich liegen ja längere Pausen zwischen den Abflugzeiten von Schiffen in dieselbe Richtung, aber das scheint nach unsere Untersuchung auch nur ein Zufall zu sein."

„Zum Glück", warf Serena Mastersen in den Raum.

„Sonst wären wir nur noch Raumschrott."

Die anderen Mitglieder der Crew stimmten ihr lauthals zu.

Als es wieder etwas ruhiger war, ergriff Berger wieder das Wort, wenn auch etwas niedergeschlagen Angesichts der Nachrichten.

„Auch wenn die Untersuchung nichts ergeben hat, danken wir Ihnen trotzdem, Herr Oberst. Sie haben alles Ihnen mögliche getan. Wir müssen jetzt halt die Augen etwas weiter offen halten, aber wir machen dann wohl weiter wie bisher."

Er holte einmal kurz tief Luft und lächelte den Offizier vor ihm dann an.

„Bitte richten Sie auch dem Gouverneur unseren Dank für seine Mühen aus. Ich würde es selbst tun, aber unser Schiff ist fast flugbereit und wir starten morgen früh."

* * *

Am nächsten Morgen waren alle wieder an Bord der *Errant Vender*. Alex hatte zwar, wie seine Offiziere, nicht allzu viel Schlaf bekommen, da sie nach dem Abschied des Obersten noch viel über die Situation diskutiert hatten, aber er war froh, endlich wieder an Bord seines Schiffes zu sein und ins All aufzubrechen.

Durch das Brückenfenster konnte er das rege Treiben auf der Landfläche rund um alle Schiffe beobachten. Die letzten Ladefahrzeuge, die die Fracht für ihr nächstes Ziel, den Planeten Corvis Minor in der Serpentia Vereinigung, brachten, waren bereits auf dem Weg zum Frachthangar seines Schiffes. Die Arbeiten würden innerhalb kürzester Zeit abgeschlossen sein.

Der *Errant Vender* waren die Schäden der vergangenen Schlacht nicht einmal mehr anzusehen. Die Techs des Reparaturdocks hatten ganze Arbeit geleistet, was aber wahrscheinlich auch der Tatsache zu verdanken war, das Ingenieur Martinez und seine BordTechs die Arbeiter des Docks keine fünf Minuten in Ruhe gelassen hatten.

Jede noch so kleine Verzögerung oder Schlamperei war augenblicklich mit einer der üblichen Schimpfkanonaden Martinez' bedacht worden. Am Ende waren die Reparaturen dadurch sogar um einen ganzen Tag verkürzt worden, obwohl ganze Bordsysteme und riesige Sektionen der Hüllen-Panzerung ausgetauscht werden mussten. Die längste Zeit hatten aber die abschließenden Arbeiten an den Triebwerken beansprucht. Der

Hyperantrieb war zwar im Oblivion-System notdürftig repariert worden, aber die Gefechtsschäden waren so stark gewesen, dass es höchstens noch ein oder zwei weitere Sprünge überstanden hätte.

Daher musste der gesamte Antrieb ausgetauscht werden.

Als Berger vor wenigen Tagen diese Hiobsbotschaft erhalten hatte, war er zum ersten Mal seit langem wieder froh über seine Herkunft und den damit vorhandenen finanziellen Rückhalt, den er besaß. Für manch anderen Handelschiffkapitän hätten die benötigten finanziellen Mittel, die zur Reparatur sämtlicher Schäden an der *Vender* nötig waren, in den Ruin getrieben und zur Aufgabe gezwungen.

Berger hingegen war in der Lage, die Kosten ohne größere Schwierigkeiten zu tragen, auch ohne seiner Crew Gehaltseinbußen zumuten zu müssen. Aber gerade diese Tatsache wäre wieder ein gefundenes Fressen für seine Kritiker unter den Händlern des Reiches gewesen. Bei einigen von ihnen herrschte ein erhebliches Unverständnis darüber, dass ein Adliger, der es nicht nötig hatte und jeden Posten beim Militär oder der Verwaltung beanspruchen konnte, sich in ihre Geschäfte einmischte.

Einerseits warfen sie ihm vor, ihnen mit dem hervorheben seines Status´ die Kunden wegzunehmen und andererseits mache er sich einfach über sie lustig, weil er denke, er könne ohne ihre jahrelange Erfahrung in dem Geschäft mithalten.

Es entsprach zwar der Tatsache, dass die meisten der anderen Handelsschiffkapitäne sich mühsam durch die Ränge zu ihrem Posten hochgearbeitet hatte und damit über erhebliche Erfahrungen verfügten, aber Alex war bis zur Geburt seines Cousins ein Leben lang auf den Thron eines der mächtigsten Reiche vorbereitet worden.

Diese Ausbildung gab ihm auch ein großes Geschick im Umgang mit Handelspartnern. Denn das war eigentlich doch leichter, als sich mit hunderten von Adligen und Bürokraten herumzuschlagen, die nur auf ihren eigenen Vorteil bedacht waren, wie es ihm einmal zugedacht war.

Außerdem hatte er jetzt die Freiheit, sich eine Beschäftigung zu suchen, die ihm Spaß machte. In einem Punkt hatten seine Kritiker Recht, er brauchte sein Geld nicht auf diese Art zu verdienen, aber so hatte er eine Beschäftigung, die er für sich persönlich als sinnvoll ansah. Und ein Leben als Handelschiffkapitän war genau das, vor allem, da er in dieser Rolle nicht auf die zuvorkommende Haltung seiner Gegenüber durch seine glückliche Geburt als Berger hoffen konnte.

Er war damit größtenteils dem höfischen Leben entflohen, das ihm noch nie wirklich angenehm war. Daher war Alex seiner Crew auch mehr als dankbar, dass sie ihn „nur" als Kapitän betrachteten und ihn entsprechend behandelten.

Während er jetzt so als Kapitän an seinem Platz saß und die letzten Arbeiten beobachtete, wurden seine Gedankengänge vom Ersten Offizier unterbrochen.

„Kapitän, der Laderaum meldet, dass die Arbeiten noch eine gute halbe Stunde in Anspruch nehmen werden."

Mit einem Grinsen, das eigentlich eher unüblich war, fuhr er fort.

„Die Startvorbereitungen auf der Brücke sind abgeschlossen. Darf ich daher vorschlagen, dass wir uns die Zeit nehmen, die neuesten Nachrichten anzusehen, um auf dem Laufenden zu sein, es ist gerade die Zeit für UnCom."

Jetzt musste auch Berger grinsen. Fuldner war eigentlich sonst kein Freund dieser Nachrichten gewesen, da sie nicht von den offiziellen Kanälen des Empire stammten, aber anscheinend hatte er mittlerweile auch einen gewissen Hang zu UnCom entwickelt.

Berger hatte noch nicht einmal wirklich genickt, da hatte Ferraud auch schon den Sensorschirm aktiviert und die korrekte Frequenz eingestellt. Denn sofort erschien das UnCom Zeichen und kurz darauf das altbekannte Gesicht Tamara Ivanovas.

Die immer adrette und sehr korrekte Sprecherin der UnCom-Nachrichten sah heute allerdings etwas nervöser und nicht ganz so professionell aus wie sonst. Sie sortierte ziemlich nervös ihre Transplex-Unterlagen, bevor sie dann zu sprechen begann.

Guten Tag meine Damen und Herren. Unser heutiges Programm muss aufgrund aktueller Nachrichten umgestellt werden. Da wir im Anschluss an die Nachrichten eine Sondersendung zu aktuellen Ereignissen bringen werden, entfallen die angekündigten Magazine.

Sie räusperte sich kurz und fuhr augenblicklich fort, noch bevor, wie sonst üblich, Bilder zu den Nachrichten im Hintergrund zu sehen waren.

Kommen wir gleich zu den Geschehnissen, die die Umstellung unseres Programms verursacht haben.

In den Territorien der Oceania-Republik, genauer gesagt in der Stadt Perth und einigen anderen Teilen des australischen Festlands ist es heute zu Ausschreitungen gekommen.

Bei diesen Worten erschienen auch endlich Nachrichtenbilder im Hintergrund der Sendung. Die Brückenbesatzung der *Errant Vender* hielt bei dem, was zu sehen war, augenblicklich den Atem an.

Auf dem Sensorschirm der Brücke konnten alle jetzt Szenen einer Straßenschlacht betrachten, die sich in Perth abspielten. Einfache Bürger bewarfen die ihnen gegenüberstehenden Polizeikräfte der Republik mit Steinen und allem, was ihnen sonst so gerade in die Finger kam.

Die Ordnungskräfte hingegen gingen mit Gummiknüppeln und Wasserwerfern auf die aufgepeitschte Meute los.

Heute Morgen um Acht Uhr hatte all das mit Demonstrationen in mehreren Landesteilen begonnen.

Ivanova musste sich anscheinend zwingen, ihre Stimme emotionslos zu halten.

Die Demonstrationen richteten sich gegen das allgemeine Waffenverbot auf der Erde. Sie warfen der Regierung der Republik vor, sich von den anderen Reichen mit der Beteuerung, niemand dürfe Waffen auf die Erde bringen, einlullen zu lassen und ihre Bürger einem möglichen Aggressor schutzlos auszuliefern. Die Regierung erwiderte daraufhin, dass es sich nunmehr seit Jahrhunderten bewährt hatte, die

Erde zur Waffenfreien Zone zu erklären, und alle Reiche hätten sich daran gehalten.

Selbst die Polizeikräfte aller Reiche tragen auf der Erde keine Schusswaffen.

Ivanova reckte sich.

Was für den heutigen Tag, wie ich anmerken möchte, ein Glücksfall ist. Daher ist noch niemand ernsthaft verletzt worden.

Aber zurück. Die Demonstranten nahmen die Worte der Regierung nicht hin und begannen an mehreren Schauplätzen, die Demonstrationen zu chaotischen Straßenzügen ausarten zu lassen, die schließlich in Straßenschlachten endeten.

In Perth waren die Demonstranten bis zum Amtssitz des Gouverneurs der Oceania-Territorien der Erde marschiert und hatten sogar versucht, den Amtssitz zu stürmen.

Seitdem hat es sich an allen Schauplätzen zu heftigen Kämpfen zwischen den Demonstranten und den Ordnungskräften entwickelt, die mittlerweile sogar Wasserwerfer einsetzen, um die Massen auseinander zu bringen und die Anführer festzunehmen.

Die Bilder hinter Tamara wechselten mittlerweile durch verschieden australische Städte, die aber insgesamt alle die gleichen Bilder zeigten.

Die lokalen Regierungen der Republik haben verlautbaren lassen, dass sie allerdings damit rechnen, die Ordnung in Kürze wieder hergestellt zu haben.

Weitere Einzelheiten und Updates sehen sie in unsere Sondersendung im Anschluss an die weiteren Nachrichten.

Bei diesen Worten lehnte sich Berger zu Fuldner herüber.

„Wir sollten die UnCom-Nachrichten auf jeden Fall jetzt regelmäßig im Auge behalten. Sie wissen ja, dass wir von Corvis Minor zur Erde fliegen. Da möchte ich lieber wissen, ob uns noch mehr Überraschungen dieser Art erwarten."

Der Erste Offizier nickte.

„Werden wir, Kapitän, aber das ist Australien und wir fliegen nach Baku in die Freihandelszone, das ist ja ziemlich weit weg davon."